premium

Benno Hurt

Eine Reise ans Meer

Roman

Deutscher Taschenbuch Verlag

Alle Ereignisse und Figuren dieses Romans sind frei erfunden.
Ähnlichkeiten mit lebenden oder verstorbenen Personen
sind rein zufällig und vom Autor nicht intendiert.

FSC
Mix
Produktgruppe aus vorbildlich
bewirtschafteten Wäldern und
anderen kontrollierten Herkünften
Zert.-Nr. GFA-COC-1298
www.fsc.org
© 1996 Forest Stewardship Council

Der Inhalt dieses Buches wurde auf einem nach den
Richtlinien des Forest Stewardship Council zertifizierten
Papier der Papierfabrik Munkedal gedruckt.

Originalausgabe
Juni 2007
Deutscher Taschenbuch Verlag GmbH & Co. KG,
München
www.dtv.de
© 2007 Deutscher Taschenbuch Verlag GmbH & Co. KG,
München
Umschlagkonzept: Balk & Brumshagen
Umschlaggestaltung: Stephanie Weischer unter Verwendung
eines Fotos von Jupiterimages/Echos
Satz: Greiner & Reichel, Köln
Gesetzt aus der Sabon 10,5/14˙
Druck und Bindung: Kösel, Krugzell
Gedruckt auf säurefreiem, chlorfrei gebleichtem Papier
Printed in Germany · ISBN 978-3-423-24592-0

für Irene

»Draußen im Meer aber sei das Gesichtsfeld nach allen Seiten hin offen, weshalb sich unser Blick im Leeren verliere. Alle Dinge, die das Auge erkennt, erschienen nahegerückt und unerreichbar zugleich. Ein erregendes Schwindelgefühl entstünde, prophezeite er mit glänzenden Augen.«

I

»Ein Märchen begann ...«, sagte Eugen, »unter Pa... Pa... Pa...«

»Nimm Tannen, statt Palmen«, schlug ich vor.

Manchmal hilft es, wenn ich ihm ein anderes Wort vorschlage, wenn seine Zunge wieder einmal vor einem B oder P streikt, wie ein Turnierpferd vor einem Hindernis. Bei solchen Gelegenheiten stellt sie sich quer.

»Unter Tannen erstrahlten die Sterne«, nahm er freundlich mein Angebot an. »Du wirst lachen, Michael«, sagte er und strahlte selber dabei, »aber ich stell' mir das Meer als einen unendlich blauen Wasserhimmel vor, auf dem Sterne schwimmen.«

»Das ist stark«, sagte ich. »Das sollte der Bertelmann noch in seinem Schlager unterbringen.«

Er saß aufrecht auf dem Beifahrersitz des VW-Standard, des Zweitwagens unserer Familie, und sog an seiner Filterzigarette »Simon Arzt«. Er war ruhig geworden, hatte zurückgeschaltet.

»Beim Zurückschalten auf jeden niedrigeren Gang bitte Zwischengas geben: Gas wegnehmen und auskuppeln! Schalthebel auf Leerlauf stellen! Einkuppeln und je nach Geschwindigkeit mehr oder weniger Gas geben! Auskuppeln und den niedrigeren Gang einlegen! Einkuppeln und gleichzeitig Gas geben! – Und der Standard geht ab!«

So lautete der Spruch, den ich in den ersten Wochen nach bestandener Führerscheinprüfung aufsagen mußte, bevor ich ans Steuer durfte, meinen Blick auf das große V geheftet, das auf dem großen W turnte, ein silbernes Versprechen von Ferne und Fahrt, eingesperrt in einen Kreis.

»Wir fahren runter, was Michael! Auf jeden Fall.«
»Runter?« fragte ich. »Runter? Wohin?«
»Ans Meer. Kürren liegt bekanntlich dreihundertzweiundvierzig Meter über dem Meeresspiegel«, stellte er nüchtern fest. Und führte die Zigarette, die er mit Schwung aus dem Mund gezogen hatte, wieder in sein teigiges Gesicht zurück.

Eugen raucht gern. In seinem weichen bleichen Gesicht steckt fast immer eine weiße Zigarette. Aus diesem schmalen Einlaß für Senfbrötchen und »Blendinger«-Weiße, ein heftiges Kürrener Weizenbier, das er mit Vorliebe trinkt, strömte jetzt Rauch.

Der Käfer stand unter Weiden, nicht unter Palmen. Er war nahe ans Wasser gefahren, einen strömungsschwachen, brackigen Seitenarm unserer schönen blauen Donau, die nur auf den falschfarbigen Ansichtskarten von Kürren vor dem Hintergrund des Doms »St. Peter« donaublau in Richtung Eiserner Vorhang fließt. Lang hängende, zottelige Zweige streichelten die Windschutzscheibe; den tiefliegenden Wasserarm entlang nichts wie Salweiden und ihre Bastarde. Meide die Weide, denn sie nimmt Krankheiten auf, mahnte des öfteren meine Mutter. Auf Bestäubung durch Insekten wäre sie angewiesen. Davon wußte Eugens Gesicht zur Blütezeit ein Lied zu singen. Wenn ihn eine Mücke stach, blühten rote Quaddeln auf und verliehen seinem Teint wenigstens pünktchenweise einen Anflug von Frische. Gespenster und Hexen, hört man, halten sich gern in der Nähe von Weiden auf. Das galt auch für Eugen und mich.

Jenseits der Windschutzscheibe, flußaufwärts, hockte, vornübergebeugt wie auf einer Klosettschüssel, ein Fischer auf seinem Campingklappstuhl. Er machte dann und wann eine Ausholbewegung, aber nicht um eine Kippe von seinen Lippen zu nehmen. Den Angelhaken wollte er weiter draußen versenken. Schlechtgelaunt grübelte er über den grünlichen Tümpeln. Mir wurde übel bei der Vorstellung, was da im Trüben stumm zu dem Regenwurm hochschielte, bevor es, in verquirltem Ei und Brösel gewendet, im Waldbräu als »gebackener Donaufisch« in einer Stielpfanne endete.

Unsere Beweggründe, ans Meer »runterzufahren«, waren unterschiedlich. Jeder einssechzig große Italiener, sei sein Kopfhaar geschneckelt oder glatt, lockt eine von unseren Kürrenerinnen mühelos in seine Falle, in der er das Bett aufgestellt hat. Auf die Rücksitzbank eines Fiats oder in die Besenkammer einer Eisdiele »Le Grotte«, die einem Onkel Luigi Torelli oder Gastrone Mascarello gehört. Hauptsache, sein Haar ist schwarz und glänzt wie ein Hundefell.

Ich wollte ans Meer, um mich an seinem Strand an Italienerinnen schadlos zu halten. Ich mochte Italienisches. Vor allem italienisches Eis. Ich aß es am liebsten im VW. Vor vierzehn Tagen hatte ich ihn in der Maximilianstraße vor der »Le Grotte« geparkt. Bei heruntergelassener Scheibe war mein Arm im Fenster aufgestützt, vor Wut zerdrückte ich fast den Außenspiegel zwischen den Fingern.

Hildegard Huber befand sich in der »Grotte«. Aber nicht um Eis zu essen. Hildegard wohnte mit ihrer Mutter Gudrun ein Stockwerk über unserer Wohnung. Der Köchin auf der Kundenzeitung »Die Kluge Hausfrau« war Gudrun Huber wie aus dem Gesicht geschnitten. Und die Tochter lächelte, unlüstern betrachtet, schon heute so edekabieder wie die Mutter.

Ich wühlte mit meiner Zunge gerade in Zitrone. Endlich wagten sie sich heraus aus ihrer zwielichtigen Grotte. Zeigten sich im Nachmittagslicht unserer sauberen Stadt, Hildegard Huber aus der Sternwartstraße und ihr pomadiger Gigolo. Sie machten ein, zwei Schritte auf meinen Standard zu, bevor sie sich eines anderen besannen und sich, noch immer eng umschlungen, auf der Stelle drehten. Ich lehnte mich weit aus dem Fenster, um ihnen nachzuschauen: Statt aus der eigenen Waffel zu schlecken, machte sich jeder an der Waffel des anderen zu schaffen und schaufelte soviel Eis er nur konnte in sich hinein. Einträchtig wackelten sie mit ihren Hintern, während sie jetzt um die Ecke zogen.

Was ich in diesem Augenblick empfand, war nur mit einem Gedicht erträglich: »Aus einem Kabrio blicken« – variierte ich hinterm Steuer der Limousine –, »vor einer Römischen Grotte, in einer deutschen Stadt, auf junge anale Ansichten, die paarweise leckend, an einem Eis, Jeans für Jeans, aus meiner Vorstellung treten.«

Ich ließ den Außenspiegel los, biß mir auf die Lippen. Ich hatte zwar nicht das Zeug zu einem Italiener, aber zu einem deutschen Dichter.

Seit Eugen von der Schule abgegangen war, litt er unter chronischem Geldmangel. Natürlich hatte er auch im »Goethe-Gymnasium« kein Einkommen erzielt. Aber nach seinem unrühmlichen Ausscheiden kürzte ihm seine Mutter für einige Monate das Taschengeld.

Nunmehr versuchte sich Eugen als Reisender in Sachen Kochtöpfe. Das Inserat einer Münchner Firma in den Mittelbayerischen Nachrichten hatte ihn auf den »Topf« gebracht. Auf eigene Kosten hatte er Topf-Parties zu organisieren, bei denen er in Edelstahltöpfen Speisen »ohne Fett« zuzubereiten hatte.

Mit Elan und Optimismus ging er an seine Aufgabe heran. Nicht dem Interesse eines profitorientierten Münchner Unternehmens hätte er zu dienen. Nein, er erfüllte den historischen Auftrag, der Freßwelle Einhalt zu gebieten, die die Bundesbürger erfaßt hätte. Wären die Eßgewohnheiten bisher auf den Verzehr möglichst großer Mengen gerichtet gewesen, ginge es nunmehr um die Verfeinerung des Genusses. »Und fein«, rief Eugen in die Küchen hinein, »ist nicht fett!«

Der politische Gegner war schnell ausgemacht. Er hieß Heinrich Lübke und war »Ernährungsminister«. Zwei Fotografien, die er sich auf Plakat-Format hatte vergrößern lassen, führte Eugen bei seinen Parties im Gepäck. Das eine Bild zeigte den Minister in einer Metzgerei. Messerwetzend hatte sich hinter einem fettglänzenden Fleischberg ein Metzger aufgebaut. Der Mann hatte sich soviel Kraft angegessen, daß sein weißer Kittel beinahe aus allen Nähten platzte. In Vorfreude auf das gleich beginnende Zerlegen des Fleisches war sein Gesichtsausdruck von einem inneren Frieden, ja, von Glück erfüllt.

Am linken Bildrand, am Fuß des Bergs, posierte Heinrich Lübke. Aus einem senilen Knabengesicht blickten seine Augen auf die zwei blitzenden Klingen, die sich vor dem Kittel kreuzten wie zu einem Gebet. Der Ernährungsminister trug einen schwarzen Anzug, ein weißes Hemd und eine feingeblümte Krawatte. Die Freßwelle hatte den Mann, der wie ein Erstkommunikant ohne Kommunionkerze aussah, selbst nicht erfaßt.

Eugens Kochtopf-Parties fanden in Privatküchen statt. Die Gastgeberin wurde mit einem Präsent geködert. Das Geld, das er dafür ausgab, ging ihm für seine Zigaretten ab.

Noch eine zweite Fotografie hielt er über die Köpfe seiner Kochtopf-Sympathisanten. Sie war weniger abschreckend. Auf ihr schenkte der Ernährungsminister dem Bundeskanzler in Frack zu dessen Geburtstag literweise Milch und pfundweise Butter und Schmelzkäse. Die politisch subversive Wirkung, die Eugen mit diesem Bild verband, wurde von den Partyteilnehmern allerdings nicht erkannt.

Eugens Grundausbildung erfolgte in München. Wie sich später herausstellen sollte, kam dabei, zumindest bei Eugen, der praktische Teil zu kurz. Die Vision einer »fettlosen Zukunft« stand für Eugen im Vordergrund. »Meine Damen und Herren«, sprach er im Stil eines Rainer Barzel, »Sie haben Ihr Fett abbekommen, offen und versteckt, doch man hat Sie nicht aufgeklärt über die damit verbundenen Gefahren.«

Eugen sah sich am Beginn einer steilen Karriere. Die Vorauszahlung, die er dafür zu leisten hatte, schoß ihm seine Mutter vor. Sie wurde von dem abgezweigt, was ihm aus dem Erbe seines Vaters Dieter Stöber zustand. Doch von Anfang an lief nicht alles nach Eugens Plan. Für seine Fahrten zum Arbeitgeber nach München und über Land hatte er sich einen gebrauchten Opel Kapitän gewünscht, zumindest aber einen Opel Olympia Rekord. Statt dessen ließ ihm seine Mutter von einem »Wahlonkel«, den Eugen, wie er mir versicherte, nie gewählt hatte, einen nicht mehr taufrischen Citroën vor die Tür stellen. Eugen war sauer. Konsequenterweise nannte er den zudem noch gelben Wagen »Zitrone«.

Zwar fiel der Flugrost, der sich um die Türgriffe herum und an den Kotflügeln festgesetzt hatte, wegen der gelblackierten Karosserie nicht sonderlich auf. Doch widerstrebte es Eugen als zukünftigem »Chief-Manager«, in einer angefaulten Zitrone mit seinen auf Hochglanz polierten Edelstahltopf-Sets vor die Haushalte seiner Kundinnen zu fahren. Noch lief er bei seinem Münchner Arbeitgeber unter der firmeninternen Bezeichnung »Mister Nothing«.

»Jeder, der hier anfängt, ist zunächst ein ›Mister Nothing‹«, entschuldigte er sich bei mir. »Aber bereits nach dem fünften Set bist du ›Junior-Manager‹, und wenn du zehn Sets an den Mann gebracht hast, bist du ›Chief-Manager‹.«

Eugen war bereits nach drei Wochen »Junior-Manager«. In der Rommelallee 7 hielt er fünf Sets, die er »an den Mann gebracht« hatte, im Gartenhäuschen vor seiner Mutter versteckt. Wir verbrachten Nachmittage damit, matte Stellen anzuhauchen und dann mit fuselfreien, violetten Tüchern an dem Edelstahl zu reiben. Mit vor Nervosität schon wieder feuchten Fingern stellten wir dann

Topf für Topf in eine mit Samt ausgekleidete Holzkiste zurück.

Seinen »Junior-Manager« hatte sich Eugen mit einem Gehaltsvorschuß seiner Firma finanziert. Das »Topf-Geld«, wie es Eugen scherzhaft nannte, ein Fixum gab es nicht, wurde in der Folge vom Arbeitgeber einbehalten.

Zwischen »Junior-Manager« und »Chief-Manager« bauten sich die B's und P's, die Eugen nüchtern nicht über die Lippen brachte, als das größte Hindernis auf. Waren am Nachmittag die Töpfe auf Glanz gebracht, bereitete sich Eugen im Waldbräu auf die um neunzehn Uhr beginnende Party vor. Ich leistete ihm Gesellschaft. Auch am 17. Mai. Die Party, die an diesem Abend in Hatting stattfand, sollte seine letzte sein.

In der Küche der Frau des Bürgermeisters hatte sich der an einer »fettfreien Zukunft« interessierte Teil des Dorfes eingefunden. Wir trafen zum Ärger der hier Versammelten um fast eine Stunde verspätet ein. Eugen hatte dieses Mal seine Vorbereitung übertrieben. Ich konnte ihn nicht davon abbringen, selbst zu fahren. Er müsse »den ganzen Abend, von Anfang bis zum Ende, in eigene Hände nehmen«, sagte er mir. Und dazu gehörte es, daß er auch das Steuer seiner »Zitrone« in die Hand nahm. Er fuhr auf halber Strecke seine »Zitrone« mit eigenen Händen in einen Straßengraben. Ein Bauer mit seinem Traktor zog uns wieder heraus. Von den vier Töpfen, aus denen das Vorführset bestand, bekamen zwei Dellen ab.

Nach einer kurz gehaltenen Einführung in die »Topf-Philosophie« hielt Eugen die plakatgroße Lübke-Fotografie hoch. »Der Herr Ernährungsminister hält sich beim Fett zurück«, rief Eugen und deutete auf den schmächtigen

Heinrich Lübke. »Ob eure Hattinger Herzen verfetten, ist ihm doch egal. Hauptsache, ihr wählt vorher noch schnell CSU!« Mit diesem parteipolitischen Seitenhieb war er ins Fettnäpfchen bei den Hattingern getreten. Sie hatten bei der letzten Bundestagswahl mit über siebzig Prozent diese Partei gewählt. Proteste erhoben sich. Noch überwogen die Stimmen, die den »jungen Mann« darauf hinwiesen, er möge sich auf seine fettlose Kochkunst beschränken.

Wir arbeiteten an diesem Abend nur mit zwei Töpfen, den zwei unbeschädigten. Bereits nach dem Mittagessen hatten Eugen und ich ein paar Kilogramm Weißkraut in kleine Stücke geschnipselt. Das fettfreie Braten wollte Eugen an Hand von Schweinekoteletten demonstrieren. Da nach meiner Überzeugung der fettfreien Küche natürliche Grenzen gesetzt waren, hatte ich, ohne Eugens Wissen, die Schweineteile an der Unterseite leicht eingeölt. Ich legte als Eugens Assistent die Fleischstücke mit der eingeölten Seite nach unten in einen der beiden Töpfe. Den anderen Topf schütteten wir randvoll mit Kraut. Eugen überhäufte seine Edelstahltöpfe währenddessen mit Lob und versuchte zugleich, der »Landbevölkerung, die sowieso zu Fettbildung neigt«, Angst einzujagen.

An diesem 17. Mai lief nichts nach Plan. Im Weißkraut-Kochtopf kam es zu mehreren kleinen Explosionen, Rauch stieg auf. Aus dem Fleischtopf begann es gräßlich zu stinken. Zwischenrufe kamen auf. Sie steigerten sich schließlich zu Verbalinjurien. Nach einem Kurzschluß fiel das Licht aus. Wir ließen die zwei Edelstahltöpfe am Herd stehen und machten uns in der Dunkelheit davon.

Eugen fuhr den Wagen noch vierzehn Tage. Dann hatte er seiner »Zitrone« den letzten Saft ausgepreßt.

Am 18. Mai hob seine Mutter überraschend die Taschengeldkürzung wieder auf. Ja, sie entschloß sich, aus Eugen und mir nicht nachvollziehbaren Gründen, sogar zu einer »Unterhalts«-Erhöhung, das Wort Taschengeld war Eugen zuwider. Im wesentlichen wurde dieser Unterhalt von Eugen »verblasen«. Dabei verblies Eugen nicht den Rauch irgendeiner Zigarette, sondern nur den der »Cigarette Simona« von »Simon Arzt«.

»Cigarette mit C! Verstehst du? Nicht mit Z! Lach nicht, Michael! Aber die raucht sich ganz anders! Sie ist nikotinarm. Im Stil unserer Zeit!« Was sich anhörte, als würde ihm die »Simona« vom Hausarzt verschrieben. Tatsache war, daß er sich viele dieser »fein-aromatischen« Filter-Zigaretten hart erkämpfen mußte. Manchmal erlebte ich diesen erniedrigenden Zweikampf von der Straße aus, im VW, bei heruntergekurbelter Scheibe, mit. Ich hupte dann mehrere Male. Aber weder Eugen noch seine Mutter reagierten darauf. Ich wollte nicht hochgehen, mir mitansehen müssen, wie Eugen, schon an der Wohnungstür, sich nochmals umdrehte und in diesen düsteren Gang hineinstolperte, wo die Vitrine stand. In dieser Vitrine hat seine Mutter einen Zoo von Porzellanviechern ausgestellt. Sie sind um einen Salzlettenständer gruppiert, der statt Knabbereien Zigaretten enthält. Einzeln wurde ihm die »Simona« von »Simon Arzt« von der Mutter verordnet. Sie kehrte ihm dabei den Rücken zu, um ihn nicht an die Zigaretten heranzulassen. Unten auf der Straße, die sich ausgerechnet Rommelallee nennt, konnte ich nicht überhören, wie beim Betteln die B's und P's auf den Lippen detonierten. Erst wenn der Schlüssel der Vitrine im Schloß gedreht und abgezogen war, gab er auf. Ich hörte ihn dann die Treppe heruntertrampeln. Räuspernd, als sei nichts geschehen, betrat er die Rommelallee und faßte sich mit schweißiger Hand an den Hosenstall, was er oft macht, um eine innere Erregung zu glätten. Ich stellte mir all die stummen Viecher in der Vitrine vor, wie sie den schmäler gewordenen Turm aus weißen Zigaretten mit C umstellten. Porzellanlöwen, Porzellanrehe, Porzellanhasen. Zeugen des familiären Zigarettenkriegs, Zeugen, die Eugen haßt und eines Tages zertrümmern wird. Drei Porzellanpapageien sind auch dabei, mit hämisch erhobenen Köpfen. Aufgrund der drei P eine für Eugen von vornherein uneinnehmbare Bastion.

Eine uneinnehmbare Bastion ist auch Eugens Zimmer. Seine Ausstattung macht dem Standort Rommelallee 7 alle Ehre. Eugen selbst nennt sein geschichtsträchtiges privates Refugium »Führerbunker«. Wahrscheinlich bin ich der einzige Externe, dem es bisher vergönnt war, den »Führerbunker« zu inspizieren. Einem unabweisbaren menschlichen Bedürfnis folgend, war er aus dem Bunker geflohen und hatte dabei vergessen, den Schlüssel abzuziehen. Er hatte am Vortag, wie mir seine Mutter mitleidlos berichtete, eine Unmenge Kirschen verzehrt, die er im eigenen Garten geerntet hatte.

Es war Sonntag, ich war da, um Eugen abzuholen. Die Tür zum »Führerbunker« stand einen Spalt offen. Es war mir peinlich, den Detonationen, die dieses Mal nicht von seinen Lippen herrührten, im Beisein seiner unaufhörlich den Kopf schüttelnden Mutter beizuwohnen.

Irgendwie finster war es am hellichten Tag in diesem Bunker. Deshalb stellte ich mich gleich ans Fenster und warf einen Blick auf den Zweitwagen meines Vaters, der unten in der Rommelallee darauf wartete, daß wir mit ihm »abzischten«. Irgendwohin, keiner Landkarte, keiner Route folgend, unter irgendeine der Donaubrücken, über die Schnellzüge rasen, während wir eine Flasche Bier nach der anderen leeren, um sie anschließend im Fluß zu versenken. Parallel zu dieser uns zur Gewohnheit gewordenen Übung beschäftigen wir uns mit der Historie, die nach Eugens Meinung eine Geschichte von Persönlichkeiten ist, die unter bestimmten Gegebenheiten handeln. Der »Führerbunker« war vollgestopft mit Erinnerungen an solche Persönlichkeiten. Sie hingen als Fotografie an der Wand. Einige waren gerahmt, wobei ich mir nicht sicher bin, ob dieser unterschiedlichen Präsentation ein System, eine Logik innewohnt. Immerhin ist das Schwarz-Weiß-Foto des Mannes, dem der Bunker seinen Namen verdankt, ungerahmt. Augenscheinlich wurde der Nagel, der das Bild dazu verurteilt, an der gelb vergammelten Stofftapete zu haften, von Eugen mit dem Hammer nicht sauber am Kopf getroffen. Zentimeterweit ragt er aus der Wand und ist zudem gekrümmt wie der Regenwurmköder unserer Donaufischer.

Zwischen den Detonationen, die aus dem kleinsten Zimmer der Wohnung drangen, begleitet von einem kurz darauf folgenden Räuspern, das wie eine verspätete Entschuldigung klang, entstanden nun immer größere Pausen. Ich drückte ihm die Daumen: Das Schlimmste hatte er überstanden. Mir blieb also wenig Zeit, die historischen Schaustücke zu studieren. Vier Helme stachen mir in die Augen. Jeder einzelne war mir aus Eugens Erzählungen bestens bekannt, ja vertraut wie eine nahestehende Person. Da ich in Geschichte nicht annähernd so sattelfest wie Eugen bin, ist aus der Reihenfolge ihrer Aufzählung keine chronologische Einordnung abzuleiten. Der Raupenhelm, den meine Landsleute in die Infanterie eingeführt haben sollen; die Pickelhaube aus Leder mit aggressiv glänzenden Messingbeschlägen, die ich mir auf einem korrekten Preußenkopf vorstelle; der deutsche Stahlhelm, rund, schlicht und zuverlässig wie seine Krieger, er erinnert mich an die Standard-Ausführung unseres VW, der geduckt und bullig, in mattem Schilfgrün, unten auf der Straße auf mich wartete.

Die »Führerbunker«-Tür, die ich leise hinter mir geschlossen hatte, flog plötzlich auf. Eugen stand in ihr. Er zog am Reißverschluß seiner Hose, dann wischte er sich den Schweiß von der Stirn.

Ich wandte mich schnell noch dem absoluten Prachtstück von Eugens Helmsammlung, dem sogenannten Garde-Kürassierhelm, zu. Sein ausgeprägter Helmkragen gewährleistet optimalen Schutz für den Nacken. Der Raubvogel, der auf dem Helmdach unmittelbar vor dem Abflug steht, weist die Richtung: Attacke! Auf einem langen Tisch sah ich Landkarten ausgebreitet. In sie gedrückt, ein Heer aus Stecknadeln, deren rot-, blau- und grünfarbige Köpfchen in meinem hastigen Blick zu flirren begannen: Der Erste und Zweite Weltkrieg, sie nahmen auf diesem Tapeziertisch in Eugens »Führerbunker« ihren unabdingbaren Verlauf.

Eingerahmt von zwei Schwarz-Weiß-Fotografien, doch in gebührendem Abstand zu ihm, hing an der Wand Eugens wertvollstes Ausstellungsstück, ein mittelbrauner Anzug mit mittelbraunem Binder. Ein hölzerner Kleiderbügel ersetzte die Schultern meines Vaters, der in dieser

Privatuniform am 26. April des Jahres 1945, ein Stück weißen Stoffs in der Hand, hocherhobenen Haupts, über Kürrens Steinerne Brücke stadtauswärts geschritten war. Die Anzugjacke war an ihrer Dreiknopffront geschlossen. Den Brustausschnitt schmückte nicht der smarte Windsor-Knoten. Der sogenannte »Kriegsknoten« machte sich breit, der gleich einer Keule das durch das Revers gebildete Dreieck ausfüllte. Die Anzughose war unter der Jacke am Kleiderbügel so befestigt, daß es den Anschein hatte, sie würde nach wie vor die Beine des Anzugseigners bedecken. Seiner eigentlichen Bestimmung, einen männlichen Körper zu umkleiden und vor den Einwirkungen von Nässe und Kälte zu schützen, beraubt, wurde dieser Anzug zum makabersten historischen Beleg des »Führerbunkers«. Die von Eugen eigenhändig geschaffene kunstvolle Draperie markierte gleich zweierlei: Kürrens Rettung und Kapitulation.

Der Nacht, in der Kürren die weiße Fahne hißte, nachzusinnen, verblieb mir jetzt keine Zeit. Ich warf schnell noch einen Blick auf die Fotos zweier Männer, die als eine Art Mahnwache das braune Stoffexponat einfaßten: zur Linken ein Kürrener Pater, den die Nazis am hiesigen Domplatz in allerletzter Minute vor dem Einmarsch der Amis noch aufgehängt hatten, und zur Rechten Maximilian Kaltenbrach, mein alter Herr.

Der Kampf ums tägliche Nikotin verlief an diesem Tag weniger erniedrigend als sonst. Die familiären Fechter hielten sich zu meiner Erleichterung nur kurz an der Vitrine auf und boten ihren Zeugen aus Porzellan einen regelgerechten, fairen Schlagabtausch. Sechs Zigaretten, nikotingemindert und ohne Z, ließ Eugen triumphierend in seinem Handteller rollen. Dann stürzten wir uns in einer Eile die Treppe hinab, als hätte unser gewohnter Aufbruch ins Ungewisse an diesem Feiertag ein konkretes, terminlich fixiertes Ziel.

Ob Eugen mir verziehen hat, daß ich von seinem Verzehr der vielen Kirschen profitierte? Schließlich, sagte ich mir, war die Tür nicht nur nicht versperrt, sondern stand einen Spalt offen. Als Anwaltssohn ist mir sehr wohl der Ausdruck »befriedetes Besitztum eines anderen« bekannt. Räume, in die man nicht eindringen darf, ohne sich strafbar zu machen. Wohnungen fallen darunter, aber auch Zellen in einer Heilanstalt, belehrt Advokat Kaltenbrach zuweilen ihm zur Ausbildung anvertrauten Studenten. Voraussetzung sei aber immer der »entgegengesetzte Wille« des Berechtigten.

Dieser Tag war ein Tag wie kein anderer. Er endete aber dennoch wie gewohnt unter einer Donaubrücke. Sie hatte vor dem Krieg »Adolf-Hitler-Brücke« geheißen und mußte sich jetzt Nibelungenbrücke nennen. Es war ein Juli-Kaffee-Sonntagnachmittag. Wir sahen unseren Bierflaschen nach, wie sie in einen Strudel gerieten und hochschleuderten, bevor sie von der Strömung mitgerissen wurden und unseren nachdenklichen Blicken entschwanden. Ein denkwürdiger Tag – der von Eugens Defloration. Er war gesprächig an diesem Nachmittag. Er weihte mich in die Abenteuer seiner Helmankäufe ein, worin ich, mit Anwalt Maximilian Kaltenbrach zu reden, »konkludent« die Verzeihung meiner vorangegangenen Verfehlung sah. Ich selbst habe diesen Tag spät nachts dann in einem Gedicht verarbeitet, das sich zwar nicht am Kalender orien-

tierte, sondern Eugens Souveränität, mit der er auf mein
»widerrechtliches Eindringen« in seinen »Führerbunker«
reagiert hatte, gerecht wurde. Es zählte zu den wenigen
Gedichten, die ich auswendig gelernt habe. Eugen und ich
waren überzeugt, daß es diese Anstrengung wert war.

In der Nacht auf den
fünften fünften fünfundfünfzig
war die Deutsche Frage als sie
unter der Adolf-Hitler-Brücke die
jetzt Nibelungenbrücke hieß lehnten
und Bierflaschen in der Donau
versenkten noch offen doch am nächsten Morgen ging
die Sonne auf und
im Laufe des Tages wurde
die Bundesrepublik souverän.

II

Unser VW-Käfer stand noch immer unter Weiden. Ich faßte nach einem Zweig, der übers Dach bis auf die Kühlerhaube hing, und hob ihn aus der Windschutzscheibe. Um uns ein wenig die Füße zu vertreten, gingen wir den Wasserarm entlang. Wir kamen nicht weit, als Eugen mit »schuhplatteln« anfing. An Stelle eines mit Lederhose bedeckten Hinterns mußte sein Gesicht herhalten, in das seine Hände nach dem Rhythmus der an- und abfliegenden Mücken klatschten. Ein Summen fiel in voller Lautstärke auch in mein Gehör ein, entfernte sich, um in einem Crescendo wiederzukehren, das mir angst und bange machte. An die Fliegerangriffe im Zweiten Weltkrieg fühlte Eugen sich erinnert. »Das hältst du ja im Ohr nicht aus!« stimmte ich zu. Und schlug vor, daß wir noch einen Schluck im »Reichsadler« tranken.

Unsere Aufbrüche ins Ungewisse fanden entweder im Waldbräu oder im »Reichsadler« ihre finale Bestimmung. Das Waldbräu war an Werktagen gut frequentiert. Auch hier stand eine Vitrine, auf eine Art Podest war sie gehoben. Die Gesichter der Müllabfuhrmänner und die Arbeitergesichter der Ziegelfabrik »Maier & Reinhard« mußten sich über die Biergläser erheben, wenn sie zu den Silberpokalen und bunten Wimpeln blicken wollten, die hinter Glas die Siege des SSV Kürren markieren. Der »Reichsadler« hingegen kannte nur zwei Stammgäste, Eugen und mich. Der Schlüssel zu ihm, eine illegale Kopie des Generalschlüssels für alle städtischen Schlösser, wurde von mir im Handschuhfach des Standard verwahrt, für alle Fälle. Den Originalschlüssel hatte ich mir von meinem Vater entliehen, der dem Bauausschuß von Kürren angehört. Sein Einverständnis hatte ich dabei der Einfachheit halber unterstellt.

Wir befanden uns im Hafengelände, wo man im allgemeinen an Sonn- und Feiertagen niemanden zwischen den Güterwaggons, den Kränen, den Schuppen, den Hallen sieht. An diesem Sonntag aber hielt ein gutgekleideter älterer Herr das Objektiv seiner »Retina« auf den Schleppkahn »Maria«. Als er uns wahrnahm, wandte er sich von seinem Motiv ab, als schämte er sich dafür, die Linse auf so eine verrostete Nichtigkeit wie die »Maria« zu richten.

Wir traten in die Halle ein. Ich sperrte die Tür hinter uns zu. Es war jedes Mal dasselbe Erlebnis: Ich fühlte mich wie in einem Gotteshaus. Jetzt brauchte draußen nur noch ein Schiff zu tuten. Andächtig näherten wir uns dem mächtigen Tier. Es ist über drei Meter hoch und einhundertfünfundsiebzig Zentner schwer, aus grünem Porphyrgestein. Mit einem Kran wurde der Vogel aus seinem Horst gehievt und hierher verschleppt. Ich war Zeuge: Er wirkte fast schwerelos, als er von einem Spezialheber auf einen Tieflader versetzt und in den Hafen überführt wurde. Er hatte sich schuldig gemacht, weil er ein Hakenkreuz in den Krallen hielt. Gleich nach Kriegsende war er entnazifiziert worden, indem die Verantwortlichen unserer Stadt das Symbol aus seinen Krallen lösten. Als zweiter Bürgermeister von Kürren hatte mein Vater sich einst für ihn stark gemacht, als es hieß, die im dritten Jahre des »Führers« begonnene und im sechsten Jahre der »Regierung des Führers« vollendete »Adolf-Hitler-Brücke« zu schmücken. Daß der Raubvogel aus seinen steinernen Augen den Strom hinab unaufhörlich gen Osten blickte, wohin auch unsere Bierflaschen trieben, das hatte man ihm angekreidet, als es vorbei war mit dem Krieg.

Düster war es in diesem Raum. Ein schmales Glasband verläuft weit oben unter dem Dach. Wir hörten, wie im Wind die Äste einer hochaufgeschossenen Pappel gegen das Fenster schlugen. Wolken rasten über den Himmel. Wenn sie die Sonne verdeckten, filterten sie deren Licht. Wie die Flügel ungestüm einfallender Spatzen flatterten die Blätter über dem Glas. Sonnenstrahlen rieselten funkelnd auf den Schwingen des Reichsadlers herab. Man braucht ein, zwei Halbe Helles, um sich hier wohl zu fühlen. »In diesen heiligen Hallen kennt man die Rache nicht«, hatte Eugen vielsagend lächelnd bei unserer ersten Begegnung mit dem Adler zitiert und seine Bierflasche exakt dort abgestellt, wo im Sockel noch die in den Stein gehauenen Worte »Sieg« und »Führer« zu erahnen sind.

»Schau her!« sagte Eugen. Er legte seinen Finger auf einen feinen Haarriß, dort, wo die hängende Schwinge fast den Sockel berührt.

»Ein angeschlagener Topf hält ewig, hat mir die Schwester zugeflüstert, als sie meinen Vater aus dem OP geschoben haben«, sagte er leise, ohne an ein B zu stoßen. Sein Vater war am Tag darauf gestorben. Seine Hand fuhr über den kalten Porphyr des Ungetüms, wie die Disputanten von Für und Wider den Adler nennen; es sah aus, als würde er eine Katze streicheln.

»Ein Ideen-Wettbewerb stört den Schlaf des Brückenadlers«, hatten unsere Mittelbayerischen Nachrichten getitelt. Ausgerechnet die Vokalgruppe »Warum Vögel singen« wollte ihn aus dem Dornröschenschlaf wecken. Sie hatte sogar geplant, ihn von der Brücke zu stürzen. »Den Kulturschaffenden steht es frei, sich in jeglicher Form von dem Nazi-Symbol zu distanzieren.« Mit diesen Worten hatte der Vorsitzende des Kürrener »Vereins für Muse und Bildung« die regionalen Künstler zu einem Schlachtfest aufgerufen. Ein anderer bildender Künstler wollte dem »braunen Monolithen« mit Hammer und Meisel an die Schwingen gehen, so daß er zwar gen Osten schauen, aber nicht mehr dorthin fliegen kann.

»Ich sehe das Tor aufgehen und sie alle hereinmarschieren«, holte Eugen aus. »Sie kommen auf ihn zu, Fäustel und Spitzhacke in ihren Händen. Von einer Schuld wollen sie sich befreien, mit dem, was sie vorhaben. Er aber bereitet dem Spuk ein Ende. Seine Flügel breitet er aus und hebt ab.«

Eugen war aufgestanden und deutete nach oben.

»Durch das Hallendach sehe ich ihn stoßen. Hoch! Höher! Himmelwärts!« schrie er. »Bis er ihren Bli... Bli... Blicken entschwindet.«

Ich versuchte, ihn abzulenken. »Machen wir uns an die Arbeit!«

Ich nahm das Wörterbuch aus der Holzkiste, in der sich Nägel, Schrauben und allerlei Kleinwerkzeug befanden, und schlug eine eingemerkte Stelle auf.

»Bindolo? – Betrug.«

Mit »Frode« ging er dem B aus dem Weg.
»Spaghetti?«
»Maccheroni«, kam es wie aus der Pistole geschossen.
»Akzeptiert. Schmeckt ähnlich. – Per favore?«
»Vorrei chiederle un favore«, wich er umständlich aus.
»Baciare? – Küssen.«
Er verschränkte die Arme, lehnte sich gegen die Adlerschwinge und blickte zum Hallendach hoch. Hinter seiner gekräuselten Stirn hörte ich in seinem Synonym-Lexikon die Blätter rascheln.
»Meinetwegen: Nehmen wir schmusen statt küssen«, bot ich an.
Ich suchte im Wörterverzeichnis Deutsch-Italienisch. Alles, was zutraf, enthielt ein B oder P, und half uns nicht weiter.
»Schlag mal unter umarmen nach«, schlug er vor.
»Abbracciare.«
Auch unter Geschlechtsverkehr fand ich kein Tätigkeitswort, das sich beugen hätte lassen. Nur rapporto, was mich an Briefmarken und an »eine dienstliche Meldung« erinnerte. Auch unter Koitus kein Verb, sondern nur coito.
»Reden wir nicht um den Brei herum? In einem Land, wo sie subito zur Sache kommen! – Geschlechtsverkehr! Bitte!« befahl ich.
»Coito! Vorrei chiederle un favore!«
Er lächelte stolz. Ich hörte, wie der Varianten-Schmöker zuklappte hinter seiner nun wieder glatten Stirn.

Eugen wollte ans Meer. Er sah im Meer das Korrelat zum Himmel, seinem Spezialgebiet. Wie Landkarten im »Diercke-Welt-Atlas«, den ich, da er nicht in meine Schultasche hineinpaßte, unterm Arm in die »Pestalozzischule« schleppen mußte, sind Karten anderer Art in seinem Kopf aufbewahrt. Für jeden beliebigen Zeitpunkt, erklärte er mir, stellten sie für jeden Ort der Erde den sichtbaren Sternenhimmel dar. Im wahrsten Sinne des Wortes, schwärmte er und sah dabei zum Hallendach hoch, wären diese Karten »Himmelskarten«. Auch wenn er mit mir nur über den sichtbaren Sternenhimmel sprach, war seine Wißbegier vor allem auf das gerichtet, was er selbst den unsichtbaren Teil nannte. Ich traute mich nicht zu fragen, was er damit meinte. Unser Blick sei daran gewöhnt, Halt an einem fest umgrenzten Horizont zu finden. Draußen im Meer aber sei das Gesichtsfeld nach allen Seiten hin offen, weshalb sich unser Blick im Leeren verliere. Alle Dinge, die das Auge erkennt, erschienen nahegerückt und unerreichbar zugleich. Ein erregendes Schwindelgefühl entstünde, prophezeite er mit glänzenden Augen. Eine gewisse Sorte von Reptilien käme mit diesen Bedingungen besser zurecht: Knallgrüne Zwergchamäleons, die aussähen wie kleine Saurier, könnten mit ihren Drehaugen das 360-Grad-Panorama erfassen, ohne sich vom Fleck zu rühren. Allerdings handle es sich dabei um alles andere als geübte Schwimmer. Welche Ausmaße mag seine Faszination für den italienischen Himmel annehmen, dachte ich mir, wenn ihn schon der Himmel über Kürren elektrisierte. In meiner Vorstellung sah ich ihn, noch bevor die südliche Nacht auf Urlauber und Eingeborene gleichermaßen hernieder gefallen war, den Strand abschreiten. An einer Geheimkonferenz zwischen Himmel und Meer nahm er teil, von dem Zelt hoch da droben las er Informationen ab, in einer Schrift, in der keine Sprache geschrieben war, Auskünfte, an die unsereins nicht herankam. Aufklärung erhoffte er sich über den Teil, den seine Himmelskarten noch nicht erfaßten. Zugleich wollte er die Gelegenheit für einen kurzen Abstecher an die Isonzo-Front nützen, klärte er mich auf, nicht nur weil die im ersten seiner zwei immerwährenden Weltkriege mit immerhin zwölf Schlachten eine Rolle spielte, sondern weil in dem Roman, den er gerade las, in dieser Gegend zwischen einer Krankenschwester und einem verwundeten Offizier die Liebe aufblühte – quasi hinter der Front, wie er mir augenzwinkernd verriet.

So unterschiedlich wie unsere Motive, dem Schauplatz Kürren für ein paar Tage den Rücken zu kehren, waren auch die persönlichen Voraussetzungen, unter denen wir die Reise im Standard meines alten Herrn antraten. Womit ich auf unser Aussehen anspiele, quasi den Typ, den jeder von uns verkörpert. Auf einen ersten Blick könnte man in Eugens pechschwarzem Haar einen gerechten Ausgleich dafür sehen, daß seine Haut verdammt wenig Farbkörnchen abbekommen hat. Wobei Eugen sich auch nicht damit trösten kann, bei Sonne stark zu bräunen. Selbst wenn an unseren Brückentagen die größte Hochsommerhitze herrscht, wagt er es nicht, sich das durchgeschwitzte Hemd über den Kopf zu ziehen. Statt zu bräunen, verwandelt er sich in Windeseile in einen Indianer, eine kriegerische Rothaut, wie wir sie aus Filmen kennen, wo sie auf einem Pferd, eine Art Alpenjodler produzierend, über die Breitwand unserer »Gloria-Lichtspiele« fegt. Blickt man nur auf Eugens Haar, so kann man ihn durchaus für einen Südländer halten. Freilich ähnelt er wenig dem neuzeitlichen Typ dieser Spezies. Auf alten Schallplattenhüllen begegnet man gelegentlich Tenören, deren schwarzes Haar wie auf den Kopf gepinselt scheint.

Ich selbst bin ein blonder Kürrener, der seine Haut auch vor der Sonne des Südens nicht zu verstecken braucht. In Farbtönen, die an das Braun einer Haselnuß erinnern, dunkelt sie nach. Im weiten Kragenausschnitt meines Buschhemds, das ich in den Sommermonaten über der Hose trage, leuchtet sie und vermählt sich in einer schon erotisch anmutenden Harmonie mit den kräftig kolorierten Palmen, Bananen und Urwaldtieren auf dem Kattun meiner Oberbekleidung. Und dennoch reicht es nicht zu einem Italiener. Eine Kombination aus meinem Teint und Eugens Haar, das freilich durch einen Messerschnitt in eine andere Fasson zu bringen wäre, käme wahrscheinlich jenem Idealtyp am nächsten, dem unsere Kürrenerinnen nachlaufen wie dem Rattenfänger von Hameln.

Eugen und mich verbindet Freundschaft, mit meinem alten Herrn verbindet ihn ein eigenartiges Interesse an dem sogenannten »immerwährenden« Reich. Die Klientel, die sich die Klinke von Maximilian Kaltenbrachs gepolsterter Kanzleitür in die Hand gibt, hat klangvolle Namen. Von »einmal muß Schluß damit sein«, von »deutscher Wertarbeit« höre ich seine Mandanten reden.

Über Eingliederung und Wiederbewaffnung reden mein Vater und Eugen wie über das letzte Fußballspiel.

»Mein Bruch mit Dr. Adenauer beruht auf dieser Frage«, sagt Eugen bedeutungsvoll zum Thema Westintegration. Als handle es sich bei Dr. Adenauer um einen Bekannten, mit dem er in einem intensiven Gedankenaustausch steht. Dieser Dr. Adenauer ist für Atombewaffnung, Eugen dagegen. Ein Feuerwerk an Argumenten gegen Atomwaffen und Westintegration brennt er ungefragt ab. Er, der jedes B umschifft, nimmt die Atom-Bombe so furchtlos in seinen Mund, als wäre sie ein Lutschbonbon.

Ich stelle mir vor, daß Eugen und ich zufällig Herrn Dr. Adenauer unter der »Adolf-Hitler-Brücke« begegnen. Ich überreiche dem Kanzler mein Souveränitäts-Gedicht und fordere ihn auf, es laut zu lesen. Dr. Adenauer spitzt beim Reden immer seine Lippen, was aussieht, als würde er eines seiner Enkelchen gerade auf den Mund küssen. Ohne abzusetzen soll er »fünfterfünferfünfundfünfzig« sagen, wobei er garantiert das vorletzte F nicht über die Lippen bringt: »fünfterfünferfünuunfünfzig«. Am 5. 5. 55 wurde das Land, in dem Eugen und ich leben, souverän. Bei dieser Gelegenheit kann Eugen dem Herrn vom Rhein an der Donau dann auch noch sagen, warum er mit ihm gebrochen hat.

Eugen und mein Vater unterhalten sich gern über die jüngere Geschichte. Sie reden dabei so, als wäre diese noch keine Vergangenheit. Eugen spricht im Präsens, wie es sich gehört, wenn man über gegenwärtige Verhältnisse spricht.

»Ich bitte Sie: Niemand kann ihm beweisen, daß er sich mit Plänen einer zweiten Revolution trägt«, bringt Eugen Ernst Röhm ins Spiel.

»Vor allem steht er damit allein da. Mutterseelenallein, das versichere ich Ihnen! Kein einziger SA-Führer zieht da mit«, sagt mein Vater, als stünde uns, zumindest in Kürren, das Dritte Reich noch bevor.

Ich höre den beiden kopfschüttelnd zu. Worauf sie mit solchen Dialogen hinauswollen, bleibt ihr Geheimnis. Es gibt eine Art von Verständnis zwischen Eugen und meinem Vater, die ich nicht verstehe. Sie reden von ein und derselben Sache und reden doch aneinander vorbei. Hört Eugen denn meinem Vater überhaupt richtig zu? Kann er sich denn sicher sein, daß, wenn mein Vater auf die Himmlers und Goebbels schimpft, er ihnen nicht insgeheim vorwirft, daß sie gescheitert sind? Auch ich kann mir nicht vorstellen, daß mein Vater den Typ eines strammen Gefolgsmanns verkörperte. Ich kann ihn mir auch nicht in der Rolle eines Mitläufers vorstellen. Schon eher in der eines Mitbestimmers, immerhin war er schon als knapp Dreißigjähriger zweiter Bürgermeister unserer Stadt. Eugen sieht in ihm wahrscheinlich einen gutherzigen Menschenfreund. Seinem asthmakranken Vater verhalf er zu Kuraufenthalten im Hochgebirge, wo Herr Stöber mit meiner Tante Rita auf verschneiten Wegen wanderte und endlich wieder frei atmen konnte. Eugen ist sprachgestört. Verwundert es da, daß er, der an den B's und P's scheitert, dem Klang der Worte eines Rainer Barzel und eines Maximilian Kaltenbrach lauscht, statt ihnen auf den Grund zu gehen?

Die rätselhaften Dialoge zwischen Eugen und meinem Vater nehmen manchmal geradezu den Charakter einer Komplizenschaft an. Beide haben mit dem historischen Kapitel, das hinter uns liegt, nicht abgeschlossen. Die Rolle, die mein Vater im Dritten Reich spielte, durchschaue ich noch immer nicht ganz. Auf alle Fälle wirkt sie nach, und ich habe das Gefühl, er profitiert von ihr. Und wenn man einen Blick in Eugens »Führerbunker« wirft, quasi hinter die Front, wo auf einem Tapeziertisch und an den Wänden eine seltsame Liebe aufblüht, begreift man, die Schlacht ist für Eugen noch nicht geschlagen.

Eugen erinnert mich an meinen Mitschüler Wolf Scherhut. Scherhut ist Atheist und sitzt dennoch freiwillig mit uns im Religionsunterricht. Eugen ist ein Freigeist und doch kann seine Wißbegier von dem »immerwährenden« Reich nicht lassen. Wolf Scherhut verfolgt die Religionsstunde mit konfessionsfreiem Interesse. Wolf Scherhut ist die Gewähr dafür, daß Kaplan Königs Potpourri von Gottesbeweisen nicht zu einem einschläfernden Monolog verkommt. Von einer höheren Warte aus betrachtet stehen sich Himmel und Hölle in der Person von Kaplan König und Wolf Scherhut im Klassenzimmer gegenüber. Der Himmel sitzt hinter dem Katheder oder geht zwischen den Bankreihen auf und ab, in denen die Hölle, Eugen und ich und unsere übrigen Glaubensbrüder sitzen. Das Zwiegespräch zwischen Himmel und Hölle hält uns wach. Und indem mein Vater und Eugen pausenlos über Hitler und seine Helfer reden, halten sie ungewollt das bißchen Erinnerung, das ich an diese Zeit habe, wach.

Und ich stehe dabei und höre ihnen zu. Aber soll ich mir die Ohren verstopfen? Nein, ich bin nicht eifersüchtig auf die beiden. Als Kind hatte mir mein Vater den Umgang mit den »Pulvertürmlern«, den Jungen aus der Barackensiedlung, verboten, aus Angst, die könnten mich auf »falsche Gedanken« bringen. Vielleicht sollte ich Eugen den Umgang mit Maximilian Kaltenbrach verbieten. Was mich ärgert ist, daß ich für Eugen immer der Sohn des Maximilian Kaltenbrach bin. Unsere Freundschaft ist untrennbar mit dem Respekt verbunden, den sie füreinander empfinden. Dabei geht die Bewunderung Eugens für meinen alten Herrn wenn nicht schon von falschen Voraussetzungen, so doch von einer Fehleinschätzung aus. Letztlich führt von Eugen kein Weg zu meinem Vater. Und ich selbst weigere mich sowieso, in seine Fußstapfen zu treten. Dabei ertappe ich mich manchmal dabei, wie ich einen seiner wertvollen Mont-Blanc-Füllfederhalter vom Schreibtisch nehme, ihn zwischen den Fingern drehe, nah an meine Augen halte. So als wäre dem Schreibgerät, wenn man es nur gründlich genug inspiziert, anzusehen, ob es auch für meine Hand geschaffen ist.

Wenn meine Eltern in Urlaub waren und ich in der Kanzlei meines Vaters nach dem Rechten sah, habe ich manchmal meine Unterschrift auf ein Blatt geschrieben und mit seiner verglichen. Irgendwann habe ich mir diese Unterschrift, die seiner zum Verwechseln ähnelt, zugelegt. Dieser Namenszug aber ist nicht das Ergebnis zahlloser eigenhändiger, unter Zeitdruck geleisteter Signaturen, bei dem die Buchstaben schließlich zu einem Kürzel verschleißen, das den erfolgreichen Geschäftsmann verrät. Neidisch blicke ich auf das signifikante Original und stelle fest, daß meine Hand niemals zu einer eigenen Schrift gefunden hat. Sie hinterläßt, wenn sie die Feder, die Mine übers Papier führt, kein unverwechselbares Zeichen. Die Unterschrift meines Vaters beeindruckt mich, ganz gleich, unter welches Dokument er sie gesetzt hat. Auf eine reizvolle Weise ist sie mir fremd. Fremd geblieben. Bis heute. Obwohl ich sie nachmache. Sie fälsche. Und als die meine ausgebe. Ja, seinen Namenszug imitiere ich. Sein Leben werde ich nicht nachmachen.

III

Wir waren unterwegs zur Kanzlei meines Vaters, um ihn darauf vorzubereiten, daß wir mit seinem VW-Standard nach Italien fahren wollten. Offensichtlich ging Eugen davon aus, daß von meinem Vater kein Veto zu erwarten war. Denn es hatte den Anschein, als hätte er meine Gedanken gelesen. Ich traute es ihm zu, so wie ich ihm zutraute, daß er den unsichtbaren Teil des Sternenhimmels wahrnehmen konnte. Wahrscheinlich hatte er mitbekommen, daß seine Gesichtshaut nicht dem Idealtyp eines Südländers entsprach. Er hatte eine Hautcreme aufgetragen, die in Stundenschnelle eine künstliche Bräunung seines Gesichts versprach.

»Oh, welche Wonne, Tamlo br... br... bräunt ohne Sonne!« stotterte er.

»Oh, Scheiße!« sagte ich. »Mann, wie schaust du aus?« In seinem Gesicht hatten sich Flecken gebildet.

Wir standen vor der Kanzlei Maximilian Kaltenbrach. Ich zögerte. Dann läutete ich. Die mißmutige Pfeffer, eine bigotte Person, baute sich vor uns auf. Sie hat eine so negative Ausstrahlung auf mich, daß ich mir einbildete, ihren Achselschweiß zu riechen. Wahrscheinlich haben die alten Kriegskameraden meines Vaters bei den vielen Schlachten ihren Geruchssinn eingebüßt. Denn sie überreichen Empfangsdame Pfeffer Pralinen oder Blumen, anstatt sie mit einem Stück Seife »Lux« zu versorgen, damit ihr ein Licht aufgeht, wie übel sie riecht.

»Ihr Vater ist mit der Frau Oberst unten im Café.«

Sie meinte das »Café Martini«. Eugen und ich machten uns auf den Weg, hinaus ins Freie.

Die Geschichte unserer Stadt ist die Geschichte einer römischen Militärfestung. Genau dort, wo Historiker und Fremdenführer den Arbeitsplatz des militärischen Oberbefehlshabers der Provinz Rätien vermuten, befindet sich das Büro meines Vaters. Der römische Statthalter und Maximilian Kaltenbrach arbeiten, zwar nicht zeitgleich, sondern nacheinander, in ein und demselben Haus. Vor diesem Haus umschließt halbkreisförmig der Rest einer hüfthohen Römermauer den Freisitz des »Café Martini«.

Zu Eugens Entsetzen stellte in dem Augenblick, wo wir aus dem Haus traten, Frau Oberst ihren »Martini«, in dem eine grüne Olive schwamm, auf dem Mauersims ab.

»Geschichte muß man mit dem Kopf begreifen«, griff sich Eugen an den Kopf, »und nicht mit seinen schmutzigen Händen anfassen.«

Mein Anwalt-Vater saß ihr gegenüber. Auch er griff, und zwar nach der Witwes rechter Hand. Sie hatte den Arm ausgestreckt am Tisch liegen. Die rotlackierten Fingernägel berührten den Unterteller seiner Kaffeetasse. Was nicht zufällig geschah. Im Diamantenglitzern über dem Ringfinger der Witwe trafen sich ihre Blicke. Es war Mittag, die Sonne stand hoch. Frau Oberst wedelte mit dem Finger, so daß die Funken, wie beim Abbrennen eines weihnachtlichen Sternwerfers, nur so sprühten. Die Advokatenhand legte sich auf die Hand der Oberst-Witwe und brachte das Feuerwerk zum Erlöschen. Jetzt erst hoben sie langsam ihre Gesichter und schauten einander an. Woran sie wohl dachten? dachte ich. Ich dachte nichts Schlechtes dabei.

»Um Himmels willen! Herr Eugen, was ist mit Ihnen passiert?« entfuhr es meinem Vater, als wir uns zwischen dem Mauerrest aus römischer Zeit und der Militärswitwe aufbauten.

Den Aufstieg vom Du zu »Herr Eugen« verdankt Eugen seinem Abgang vom Gymnasium. Die Verweisung aus dem »Goethe« kam einer Beförderung gleich. »Und Sie nennen mich von nun an Herr Maximilian, Herr Eugen!« Auf eine subtile Weise hat mein Vater das »1 x 1 des guten Tons« fortgeschrieben. Nein, hier wurde nicht in feucht-fröhlicher Stimmung einem Jüngeren ein schlampiges Du von einer Respektsperson angeboten. Es gibt zwischen meinem Vater und Eugen eine Schnittmenge rätselhafter Übereinkünfte, die sich aus so unbestimmten Begriffen wie »Niedergang« und »Tragödie« speisen – Schulabgänge und Kriegsverläufe haben damit zu tun.

»Herr Eugen?« erneut wandte sich mein Vater an ihn. Eugen hörte nicht. Sein Blick kam aus dem starren Auge eines Meer-Chamäleons: Blitzend und lidschlaglos war er auf die Witwe gerichtet, die aufgestanden war, um uns die Hand zu reichen. Ihre Beine waren so lang, daß die hüfthohe Römermauer nur noch kniehoch wirkte.

»Filius Michael und Herr Eugen«, stellte uns mein Vater vor. Witwe Kirschbaum war dabei, sich zu verabschieden.

Sie lächelte mich an. Mit einem Blick tief wie das Meer und weit wie der Horizont, und mir schwante, daß das, was dieser Blick meinte, meine Erfahrung überschritt. Ich befand mich auf hoher See: Das Schwindelgefühl, das ich, als ich ihr nachsah, verspürte, erregte und verwirrte mich zugleich.

»Anita Kirschbaum – Witwe! Ihr Mann war Oberst.«

»Witwe«, wiederholte er. Was wie eine Verheißung klang. Wollte er Michael Kaltenbrach, am Vorabend seines Abiturs, der Witwe Anita Kirschbaum zur Ausbildung übergeben?

Ein Kostüm trug die Witwe. Die rote Jacke so sparsam geschneidert, daß ich mir in den schönsten Farben ausmalte, wie das Oberteil Witwe Anita beim Ein- und Ausatmen behinderte. In meiner Phantasie sah ich sie in immer kürzeren Intervallen und immer heftiger schnaufen. Auf hohen Pfennigabsätzen stöckelte sie die Römermauer entlang. Was ihr weißer Rock hautnah überspannte, war ausladend wie der amerikanische Straßenkreuzer, der Samstagnacht immer vor der »Roxi-Bar« steht.

»Auch ihr Verstorbener hatte Gardemaße«, erriet mein Vater meine Gedanken. »Bei der rassischen Musterung erhielt er ›rein nordisch‹ – was selten war.«

»›Überwiegend nordisch‹ und ›fälisch‹ reichte auch schon für die Waffen-SS«, wußte Eugen.

»Blaue Augen und ein aufrechter Gang! Das ist es doch, was ihr meint?« lachte ich und winkte den Ober heran, um zwei Pils zu bestellen.

Daß wir ans Meer fahren, wollten wir meinem Vater schonend vermitteln. Immerhin wollten wir mit seinem VW fahren, und auch der Volkswagen fuhr nicht ohne Benzin. Auf diesen südlichen Abstecher stieß ich mit Eugen schon einmal an.

»Wir würden gerne mal Italien sehen«, wandte ich mich an meinen Vater.

»Das ist doch wunderbar«, antwortete er zu meiner Überraschung.

»Wir dachten ...«, sagte Eugen.

»Daß es sich mit dem Auto bequemer fährt als mit der Bahn. Das dachten Sie doch, Herr Eugen?«

Eugen nickte stumm.

»Da haben Sie richtig gedacht, Herr Eugen«, lachte mein Vater. »Legt eure Bierflaschen weg!«

Ich deutete auf das Glas, aus dem Eugen und ich unser Pils tranken und blickte ihn fragend an.

Er machte eine wegwerfende Handbewegung. »Greift mal zu einem Chianti oder Bordeaux! Das will ich sagen. Ihr müßt mal raus aus diesem Kohortenkastell!«

»Kohortenkastell«, sagte er. Dabei residierte er mit seiner Edelkanzlei wie ein Marc Aurel inmitten des einstigen Legionslagers.

»Da trat der Vater aus dem Hause. Du Taugenichts, du sonnst dich schon wieder und reckst die Knochen und läßt mich alle Arbeit tun. Der Frühling steht vor der Tür. Geh hinaus und erwirb dir selbst dein Brot!«

Er lachte und nahm einen Schluck Kaffee aus der Tasse, aber nur, um sie triumphierend auf den Unterteller zurückstellen zu können. Er zwinkerte mir zu. Eugen und ich schauten uns an. Es hatte uns die Sprache verschlagen.

»Richtig zitiert? – Welches Reiseziel hätte Eichendorffs Taugenichts Vater seinem Sohn 1957 anempfohlen? – Das war doch dein Deutsch-Vorabitur. Kannst du dich nicht mehr daran erinnern?«

»Italien«, sagte ich.

»Italien!« seufzte er, so, als würde er damit eine Romanze in blauer Sternennacht beschwören. Auch meine Eltern sind ein paar Mal in Italien gewesen. Mit ihren Italienreisen verbinde ich keine Romanze, sondern Broschen, Ringe, Krawattennadeln, goldene Klunker – als hätte man den Insassen eines Altersheims die falschen Zähne ausgebrochen, um damit all diesen nutzlosen Tand anzufertigen. »Vierundzwanzig Karat«, raunte mir meine Mutter nach ihrer letzten Reise ins Ohr, öffnete die Hand und ließ ein fettes Goldherz ins Schatullenpolster plumpsen.

»Mein Gott, was haben deine Mutter und ich in Italien miteinander erlebt!« Er faßte mich an die Schulter und sah hoch zu seinem Büro.

Wir wollten den Schauplatz Kohortenkastell gerade wieder verlassen. Von Anita Kirschbaum war nicht mehr zurückgeblieben als eine grüne Olive, die in einem fingerhuthohen Rest »Martini« schwamm.

»Karin«, kam mein Vater auf meine Schwester zu sprechen, »ist heute abend bei Adenauer. Deine Mutter in Straßling mit ihrem Frauenbund. Und wir haben heute HiaG-Wahlen. Ich verlaß mich auf dich.«

»Hast du Angst, der Alte geht ihr an die Wäsche?«

»Herr Eugen, bitte haben Sie ein Auge darauf.«

Karin ging mit Peter Scheibenpflug. Den Abend »Ein Abend mit Konrad Adenauer« hatte Peter mitorganisiert. Er fand um zwanzig Uhr im »Ratskeller« statt. Einen Stock darüber tagte zur gleichen Stunde mein Vater mit seinen HiaG-Freunden. Sie trafen sich jeden Donnerstag. Diese Hilfsgemeinschaft, wie sie sich nannte, vergaß ihre Mitglieder nicht. Mitglieder der HiaG waren die Angehörigen der ehemaligen Waffen-SS. Anita Kirschbaum zählte dazu. Vielleicht versüßte sie heute nacht mit einem Parfum, das sich »Soir de Paris« nannte, den alten Kämpfern ihre Erinnerungen.

Peter Scheibenpflug »ging« seit acht Monaten mit meiner Schwester. Was immer »ging« auch war, es bedeutete nicht, daß Karin mit ihm schlief. Peter Scheibenpflug studierte in München Theologie und Deutsch. Er hatte meiner Schwester in die Hand versprochen, er würde zwar zwischen Gott und Mensch mitteln, aber nicht im Priesterrock. Die Familie Scheibenpflug hatte in Kürren keinen Namen. Daß ein Zusammenschluß von Menschen, der aus Vater, Mutter und Kindern besteht, namenlos sein kann, habe ich schon als Kind erfahren, wenn meine Eltern über Familien wie Huber und Schuster sprachen. Peter stammte aus einer solchen Familie. Dafür war er »bei der Partei«. Peters Partei hatte am fünfzehnten September vergangenen Jahres mit über fünfzig Prozent der Stimmen die absolute Mehrheit im Deutschen Bundestag errungen. Neben jungen Männern, deren Familien einen Namen hatten, gab es solche, die es »von sich aus zu etwas bringen« konnten, sagten meine Eltern. Schließlich hatte meine Mutter eine solche Befähigung in dem jungen Maximilian Kaltenbrach, den sie später zum Mann nahm, erkannt. Und dieser Maximilian hatte es aus eigener Kraft geschafft, daß wir in Kürren einen Namen hatten. Davon sollten auch Karin und ich profitieren. Und dennoch war Vorsicht geboten. Ein Restrisiko blieb. Es lag nicht bei Peters Partei, sondern bei ihm. »Wenn er erstmal den echten Perser unter seinen Füßen spürt, den ihm sein Schwiegerpapa ins Wohnzimmer gelegt hat, wer weiß, ob er dann noch den

Biß für die Partei hat!« sagte mein Vater. Es war eine Sorge, die meine Mutter mit ihm teilte.

Daß es in Kürren keine Universität gab und Peter Scheibenpflug auswärts studieren mußte, war ganz im Sinn meines Vaters. Öffentliche Auftritte des jungen Paares in Kürren sollten die Ausnahme bleiben.

»Wenn sie sich ständig mit ihm zeigt, ruiniert sie sich auf die Dauer ihren Ruf«, sagte mein Vater.

»Aber die beiden heiraten doch über kurz oder lang«, sagte meine Mutter.

»In Kürren ist Karin eine gute Partie. Aber vielleicht läuft ihm ja in München eine noch bessere über den Weg.«

»So schätze ich ihn eigentlich nicht ein«, sagte meine Mutter.

»Und das müßte, so wie unsere Tochter aussieht, nicht unbedingt ihr Schaden sein«, gab mein Vater zu bedenken.

Nach Kinobesuchen, Konzerten und »politischen« Abenden hatte sich Karin mit Peter bei uns in der Sternwartstraße einzufinden. Dort war den beiden zwar kein Bett gerichtet, aber der Tisch gedeckt, im Zimmer neben dem Wohnzimmer – die Tür hatte offen zu stehen.

»Eine grausame Flasche Spätlese«, amüsierte ich mich an einem solchen Abend, »hat er«, womit ich meinen Vater meinte, »ihnen wieder spendiert.« Von dem süßen Pumpernickel habe ich nur ein einziges Mal abgebissen, als Karin Peter bis zur Haustür begleitete.

Solche Pumpernickel-Spätlese-Abende fanden in unserer Wohnung in der Sternwartstraße zwei- bis dreimal im

Monat statt. Noch hatten sich die beiden daran nicht satt gegessen.

Meine Schwester war Teil unseres Familienvermögens. Ein Vermögen freilich, das man nicht zur Bank bringen oder in einem Safe verschließen konnte. Es mußte sich in den Verkehr begeben, um einen hohen Verkehrswert zu erlangen. »Sie ist eine objektive Schönheit«, rief mein Vater pathetisch aus, »und zwar ohne Ansehen der Person.«

»Ohne Ansehen der Person« entstammte seinem juristischen Vokabular und signalisierte die höchste Stufe von Objektivität. Wie sollte einer die Attraktivität von Karin bewundern, wenn er sie nicht ansah? Wenn ich manchmal in den Schriftsätzen meines Vaters schnüffelte, stieß ich auf ähnliche Ungereimtheiten. Von »billig und gerecht Denkenden« war da die Rede. Bedeutete das nicht, daß der gerecht Denkende es zu nichts brachte? Im Geschäftsleben, forderte mein Vater-Advokat, hätte man sich nach »Treu und Glauben« zu verhalten. Aber wurde der Treugläubige nicht am Ende über den Tisch gezogen? Ich hatte den Eindruck, daß ihm solche Redewendungen leicht und unbedacht aus der Feder flossen. Mit Karin lag er ausnahmsweise mal richtig. Sie war tatsächlich ein ziemlich steiler Zahn.

Der Abend mit Adenauer paßte mir nicht ins Konzept. Kaum zu befürchten, daß gewissermaßen unter den Augen des Alten von Rhöndorf einer der Konrad-Adenauer-Fans sich unangemessen oder gar ungehobelt Karin gegenüber benähme. Zum anderen stünde Peter Scheibenpflug, ausgestattet mit der Autorität des Mitveranstalters, als ein christlich demokratisches Schutzschild vor meiner Schwester.

»Du begreifst nichts!« lächelte mein Vater. »Ich glaube, Herr Eugen begreift da schon schneller.«

Worauf »Herr Eugen« heftig nickte. Mir dämmerte: Unsere Gegenwart sollte Karin schützen, zwar nicht direkt vor Peter Scheibenflug, sondern vor den ausschweifenden Phantasien, die die Adenauer-Freunde entwickelten, wenn sie meine Schwester ungeschützt einen Abend lang mit Scheibenpflug sähen.

Den Adenauer-Abend wollte ich allein auf mich nehmen. Eugen war bei politisch angehauchten Abenden unberechenbar. Auch wenn es in Kürren keine Universität gibt, hatten auswärtige Studentenverbindungen immer wieder einmal zu bayernweiten Treffen in die Kolpingsäle unserer Stadt eingeladen. Und auch wenn die Einladung nicht ausdrücklich an Eugen gerichtet war, so folgte er ihr. Im Umfeld von Conventen, Sängerschaften, Burschenschaften, farbentragenden Verbindungen und mensurbeflissenen Verbänden blühte er auf. Und keiner konnte vorhersehen, was ihm dabei blühte.

IV

Auf dem Weg zum »Ratskeller« traf ich an der Straßenbahnhaltestelle Elvis, der bei Eugen und mir, obwohl er in Kürren geboren ist, »der Italiener« heißt. Er ist der einzige »Italiener«, mit dem mich eine Freundschaft verbindet. Elvis' natürliche Aufenthaltsorte sind Haltestellen von Straßenbahnen und Bussen, wo er junge Frauen anspricht. Er trug den obligaten haidplatzblauen Anzug.

Der »Platz auf der Hayd«, wie er früher hieß, ist einer der schönsten Plätze Kürrens. Er war Stätte vieler großer Ereignisse unserer Stadtgeschichte. Der Reiterzweikampf zwischen dem Hunnenfürsten Krako und dem Kürrener Ritter Dollinger fand hier statt. Die Gassen, die vom Haidplatz zur Donau hin abtauchen, werden, was den Ruf ihrer Bewohner angeht, der historischen Bedeutung der Kürrener Altstadt, nicht immer gerecht. Elvis kommt aus einer dieser Gassen, in denen man gerne leuchtend blaue Anzüge trägt. Bei Sonneneinstrahlung gehen sie leicht ins Violette. Bands, wie sie im »Café Wien« auftreten, haben solche Anzüge an. Zwischen »gewöhnlich« und »mondän« changiert der Eindruck, den diese haidplatzblaue Garderobe auf mich macht. Es kommt dabei auf meine Stimmung an.

Von Elvis' dicken Lippen rollte die Frage, wohin ich unterwegs wäre, um eine Frau aufzureißen. Elvis ist Zigeuner. Seine Eltern wurden vergast. Sein Großvater war Kesselflicker in Ungarn. Über seine Familienverhältnisse weiß ich Bescheid, weil mein Vater als Anwalt Elvis zu zwei bescheidenen Renten verholfen hat. Meine Antwort, daß ich unterwegs zu Adenauer sei, machte ihm Spaß. Er tätschelte mit gespreizten Fingern mein Gesicht. Ein gefährliches Vorspiel, für jeden anderen, nur nicht für mich. Elvis und ich mögen uns.

Er hatte sich in einer brenzligen Situation in der Nacht von Faschingsmontag auf Faschingsdienstag für Eugen und mich stark gemacht. Im Fasching ist unsere Historische Wurstküche für viele Narren die letzte Anlaufstation. Nach durchtanzter und durchzechter Nacht drängen sie sich in die steinerne Baracke an der Donau, die angeblich die Imbißbude für die Arbeiter war, die Kürrens drittes Wahrzeichen, die Steinerne Brücke, über den Strom gezogen haben.

Daß Eugen und ich uns vor zwei Jahren in der Nacht von Faschingsmontag auf Faschingsdienstag auf diese Sammelstelle für Nachtschwärmer zubewegten, hatte nichts mit Fasching zu tun. Der Fasching fuhr und fährt uns beiden nämlich Jahr für Jahr wie ein Zug davon: Wir sind zunächst unentschlossen, genieren uns voreinander einzusteigen, wo doch in den Waggons ein ausgelassenes, anspruchsloses Treiben herrscht, zu niveaulos, um daran teilzunehmen. Doch dann, wenn der Zug hinausfährt und in den Abteilen die Jalousien nach unten gezogen werden und wir uns ausmalen, was in der parfum-, alkohol- und schweißgeschwängerten Enthemmungszone alles geschieht, gehen wir beide durch die nachtleeren Straßen, jeder darauf bedacht, daß ihm der andere nicht in die Karten schaut, auf denen Bilder zu sehen wären wie in den Magazinen, die am Bahnhofskiosk unter dem Ladentisch auf bestimmte Käufer warten.

Obwohl diese Nacht jetzt schon zwei Jahre zurückliegt, erinnere ich mich, als sei es in der vergangenen Nacht gewesen.
»Daß wir unter unseren Füßen jetzt diese Br... Br... Brücke spüren, verdanken wir deinem alten Herrn.«
»Bitte, hör auf damit.«
»Dein Vater war nüchtern gewesen«, spielte er auf uns an.
»Damals war Kriegsende. Nicht Faschingsende.«

Nein, nüchtern waren wir nicht gewesen, als wir in dieser frühen, kalten Morgenstunde auf die gemauerte Würstchenbude zusteuerten. Wir gingen stadteinwärts über die Brücke. Mein Vater war am 25. April 1945 stadtauswärts mit einer weißen Fahne auf die Amerikaner zugegangen, die jenseits der Brücke deren Sprengung vorbereiteten.

Daß ausgerechnet er die weiße Fahne gehißt hatte, ist ein Geheimnis, das bestens zu hüten MN-Redakteur Dr. Neutz und Eugen dem überführten Maximilian Kaltenbrach hatten schwören müssen, nachdem sie ihm das Ergebnis ihrer monatelangen Forschung, ein wasserdichtes Privatgutachten, persönlich überreicht hatten. Zu beider Überraschung verschwand das ausgehändigte Exemplar unverzüglich und ungelesen in des Anwalts Privattresor.

»Sie haben tatsächlich Braun getragen?« bewunderte Eugen Kürrens Retter. Den diese Frage, die eine Feststellung war, verlegen machte, weil er weder sich selbst, noch Dritten seine Farbenblindheit eingestehen wollte. Ein Maximilian Kaltenbrach, der in der Lage gewesen wäre, Farben auseinanderzuhalten, hätte bei seinem Gang zu den Amerikanern wohl kein Nazi-Braun getragen.

Seit Dr. Neutz' Tod ist Eugen, sieht man von mir ab, alleiniger Geheimnisträger. Eugen und Dr. Neutz hatten gebuddelt, gewühlt, gesichtet und die Bilder von Kürrens Errettungs-Dokumentation »Eine Stadt erinnert sich« gegen das Licht gehalten und schließlich nachbelichtet, bis die offiziösen Wunsch- und Trugbilder verblaßten und sich im Entwicklerbad ein anderes Bild aufbaute: ein Farbbild, 1945 schon, ausfixiert und lichtbeständig, Maximilian Kaltenbrach auf der Brücke, in braunem Anzug und braunem Binder, einen weißen Stoffetzen unerschrocken schwenkend. Kürrens Oberbürgermeister Hastmann reklamierte später das Verdienst, Stunden vor dem geplanten Bombenangriff Kürren kampflos an die Amerikaner übergeben zu haben, für sich. Maximilian Kaltenbrach, Redakteur Dr. Neutz und die Historienwühlmaus Eugen, die drei wußten es besser. Warum schwieg mein Vater? Warum schweigt er noch heute? Warum mußten Dr. Neutz und Eugen bei allem, was ihnen heilig war, versprechen, daß diese Wahrheit nicht die Runde machte? Eugen wurde mit der Aushändigung dieser braunen Uniform des Friedens bestochen.

Mitten auf der Brücke, die gelben Lichter in den Butzenscheiben der Wurstbude schon vor Augen, war Eugen diese Uniform wieder eingefallen:

»Er sollte mir Glück br... br... bringen. In Deutsch stand es spitz auf Knopf – Minna von Ba... Ba... Barnhelm. Ich hatte den Anzug im Mündlichen an und habe an deinen Vater gedacht. Da oben war alles gespeichert«, er tippte auf seine Stirn, »aber ich bra... brachte kein Wort heraus.«

»Nicht an Helm und Nazi, sondern an Lessing und seine Minna hättest du denken sollen!«

»Er hat einen guten Pla... Platz«, tröstete er sich und sah trotzig auf die mit Eiskristallen überzuckerten Büsche am Fluß hinunter, die im Neonlicht der Straßenbeleuchtung glitzerten. Kein Zweifel: Eugen war gewillt, weiter zu schweigen.

Was aber hatte Dr. Neutz zum Schweigen gebracht? Hastmann bekam ob seiner Ignorierung des »Führer-Befehls« eine Rente und einen ehrenden Nachruf. Lange hatte er seine Lüge nicht überlebt. »Unsere Mutter Deutschland ist in Gefahr. Je größer die Not, um so fanatischer müßt ihr sein«, hatte es aus amtlichen Lautsprechern noch am Vorabend des 25. April gedonnert. Noch in der Nacht machten sich Hastmann und die letzten 2000 Soldaten aus dem Staub. Während die Kürrener schliefen, verließen sie klammheimlich die Stadt.

Das Braun des Anzugs wucherte in der Folgezeit in Eugens Phantasie zu einem mysteriösen Hirngespinst, das ihm selbst jetzt, auf dem Weg zur Wurstküche, zusetzte: »Mit

Braun hat er die Amis provoziert! Ist das nicht ein Wahnsinn?«

»Er ist farbenblind. Wie oft soll ich dir das noch sagen?«

»Braun hat alle blind gemacht. Aber in einem ganz anderen Sinn.«

»Socken, Unterhose, Anzug, Binder! Jeden Abend griffbereit, auf der Kommode. Sonst kommt er am nächsten Tag daher wie ein bunter Hund. Er kann rot und blau nicht unterscheiden. Es passiert, daß er zu einem grauen Anzugsakko ausgerechnet die Hose von einem braunen Anzug wählt. Braun und grau, verstehst du, das ist schlimmer als grauer Star!«

»Er soll farbenblind sein und wählt braun! Merkst du denn nicht, daß du dir widersprichst?« sagte er keck, ohne an ein B oder P zu stoßen.

Der Wind dieses Faschingsdienstagmorgens war voller Bratwurstduft, gemischt mit dem Majoranduft aufgeschmolzener Kartoffelsuppe. Zwar gab und gibt es nur Bratwurst und Suppe in der mittelalterlichen »Bau- und Imbißhütte«, aber von einer Qualität, auf die man nicht nur in Kürren schwört. Ich schnupperte und nahm mir vor, das Thema Maximilian Kaltenbrach und seinen Brückenspaziergang zu den Amis zu meiden.

»Warum hält er unter Verschluß, was andere erfinden, um ihre Entnazifizierung zu betreiben?« wollte ich dann doch noch von Eugen wissen. Er antwortete nicht.

»Weil er noch immer ein Nazi ist«, sagte ich mir.

Nicht für jeden ist während der Faschingsnächte in unserer historischen Würstchenbude Platz. Es existiert in der Kürrener Narrenzunft eine Narrenhierarchie. Fotos der

Narren-High-Society vergangener Jahre schmücken die Innenwände der Wurstküche. Kürrens Faschingsprinzen und -prinzessinnen rekrutieren sich aus einflußreichen Kürrener Familien. Um so mehr wunderte es mich, daß Elvis sich inmitten der illustren Gesellschaft in der Baracke aufhielt. Strenggenommen hatten die maskierten Edelnarren ihn aussortiert: Er hockte, mit dem Gesicht von ihnen abgewandt, an einem Katzentischchen mit ausklappbarer Sitzfläche für eine einzelne Person, und sah durch die Butzenscheibe auf die Steinerne Brücke und die Donau hinaus. Eugen und ich verdankten unseren Einlaß dem Namen Kaltenbrach. Wir waren unmaskiert. Jeder von uns aß sechs Bratwürste mit Kraut. Vor uns stand unser Bier. Mir war nicht wohl in meiner Haut. Einen Tisch weiter herrschte der diesjährige Prinz mit seiner Garde. Er und seine Familie waren Eugen seit jeher ein Dorn im Auge. Die Villa im Stadtwesten von Kürren, in der der Köhler-Clan, abgeschirmt von einem grünen Schutzwall aus Eiben, sein »Luxus- und Lotterleben« führte, wie Eugen unterstellte, war ein Prachtbau aus der Jahrhundertwende. Die Kieselsteine auf dem Weg, der durch eine Parklandschaft zum Haus führte, hatten vor zwanzig Jahren noch unter den Tritten der jüdischen Familie Blumengart geknirscht.

Es war jetzt halb drei. Um diese Zeit fügten sich in aller Regel die B's und P's in Eugens Mund. »Wie geht es eigentlich der Familie Blumengart?« schrie Eugen in die kostümierte Runde.

Der Faschingsprinz reagierte nicht.

»Haben die Blumengarts ihr Butterbrot schon gegessen?«

Herr Köhler nahm von Eugen keine Notiz.

»Meine Damen und Herren«, wandte sich Eugen nun an alle, »ich rede von dem Butterbrot, für das die Blumengart-Villa den Besitzer wechselte.«

Eine Stille trat ein, die nichts Gutes verhieß. Dann drehte sich Köhler zu meiner Überraschung nach Eugen um und sagte ganz ruhig: »Wissen Sie, junger Mann, wir hängen unsere Verdienste nicht gern an die große Glocke. Aber mit unserem Geld fuhr die Familie Blumengart in einem weißen Schiff über den großen Ozean, während andere in den Vernichtungslagern umkamen.«

Der Köhler-Tisch applaudierte. Eugen verlor die Fassung und brüllte etwas von Orden unter dem Totenkopf und Zwangsarisierung, was ein Fremdwort für mich war, aber offensichtlich nicht für Köhler. »Das habe ich genüßlich«, setzte Eugen nach, »recherchiert!«

Das war Köhler zuviel. Auf sein Zeichen erhob sich seine Prinzengarde und bewegte sich in der Enge der Bratwurst-Baracke auf uns zu. Auch in nüchternem Zustand gehen Eugen und ich bei körperlichen Auseinandersetzungen nicht als Sieger hervor. Hinter unserem Rücken war keine Tür, sondern nur die Butzenscheibe, durch die Elvis auf Kürren hinausgeblickt hatte. Er stand plötzlich zwischen uns und der Phalanx der Angreifer und breitete seine Arme wie ein Schutzengel aus. In seinem haidplatzblauen Anzug bewegte er sich zeitlupelangsam auf die Maskierten zu und stieß dabei unverständliche gutturale Laute aus. Köhlers Gefolgsleute wichen zurück. Ich legte einen Schein neben meinen Teller und floh mit Großmaul Eugen aus der Wurstküche.

Wie ein Film, den man mit zu schneller Geschwindigkeit ablaufen läßt, bewegten sich diese Bilder durch meinen Kopf. Jetzt, am Haidplatz, nahm Elvis seine Hand aus meinem Gesicht und legte sie sich behutsam auf sein gefettetes Haar. Er kontrollierte die schwungvolle Welle über der Stirn, die sich in Kopfmitte beruhigte und dann flach nach hinten in einem Violettstich, der dem des Anzugs glich, bis tief in den Nacken verlief.

Schäbige Gerüchte kursierten über ihn in Kürren. Er würde seine Urlaube im Knast verbringen und nicht in Italien. »Der Mann ist sauber«, stellte mein Vater fest. Er wußte es aus den Akten. Schließlich haben deutsche Behörden den »Rentner« Elvis geröntgt.

Ich zweifelte nicht an Elvis' Italienurlauben. Sie dienten seiner Fortbildung in Sachen »Ein Galan an deutschen Haltestellen«. Den Italienern hat er ihr Handwerk abgeschaut. Auf Italienisch spricht er junge Frauen an, ohne Ansehen, um meinen Vater zu zitieren, von Beruf und sozialem Status. Sie zieren sich, aber die meisten von ihnen doch nur zum Schein. Erleben sie nicht ein Stück sonnigen Südens, wenn sie ihm folgen, die Gasse hinab, über der im Sommer an einer Leine die Wäsche trocknet? Fühlen sie sich nicht wie in Venedig, wenn sich hinter ihnen und Elvis die schwere Holztür schließt, und im Hausgang ein Geruch steht wie über dem Canal Grande?

»Das mit Hilde bist du falsch angegangen«, sprach er meinen Versuch mit Hildegard Huber an.

»Die steht doch nur auf Italiener.«

»Darum ist sie auch auf mich abgefahren.«

»Auf dich?«

»Amore mia, sag' ich zu ihr. Amore mio, korrigiert sie

mich. Da ist ihr ein Licht aufgegangen. Aber da war's schon zu spät.«

»Wieso?«

»Weil ich da schon auf ihr lag.«

Ich eröffnete ihm schließlich, daß Eugen und ich schon morgen nach Italien ans Meer fahren würden. Und er verriet mir noch ein paar Tricks.

V

Als ich den »Ratskeller« betrat, hatte der Adenauer-Abend schon begonnen. Ich hielt im Saal nach meiner Schwester Ausschau. Die Veranstaltung war gut besucht. Man saß an Tischen und trank Wein oder Bier. Endlich machte ich Karin aus. Sie saß zwischen zwei jungen Männern, die im Gegensatz zu Elvis bei der Wahl ihrer Garderobe alle Gebote und Verbote für den dezent angezogenen Herrn beherzigt hatten. Ich griff mir einen freien Stuhl, zwängte ihn in die Lücke zwischen Karin und den rechts neben ihr sitzenden Herrn und flüsterte: »Hier sitz' ich! Ich komm' gleich wieder!«

Der Abend war noch jung. In der Toilette herrschte wenig Betrieb. Irgendwo lief Wasser leise gegen Fliesen, beruhigend wie klassische Musik. Der Duft von Kölnisch Wasser dominierte die Raumluft und rief mir in Erinnerung, daß Adenauer irgendwann einmal Oberbürgermeister der Stadt Köln gewesen war. Ich zog am Reißverschluß meiner Hose und lauschte dem Rieseln des Wassers, das aus mir floß und sich mit dem Fließgeräusch in der Toilette vermählte. Auf einmal stand mein Vater neben mir.

»Na, wie läuft es?« fragte er mich allen Ernstes.

»Das siehst du doch! – Wie läuft es oben, bei deiner braunen Sippschaft?«

»Ich sag' es dir jetzt zum x-ten Mal: Waffen-SS ist nicht

gleich Nationalsozialismus. Im übrigen kümmern wir uns um die Angehörigen.«

»Kümmert euch lieber um die Opfer!«

»Kümmere du dich um deine Schwester! Ich muß wieder hinauf. Die Wahl fängt gleich an.«

»Laß dich ja nicht wählen!«

»Auf ein Amt mehr oder weniger kommt es nicht mehr an. Für dich und deine Schwester ist das kein Schaden.«

Ich hatte gerade neben Karin Platz genommen, als der Hauptredner des Abends mit seinem Vortrag anfing. »Meine Damen und Herren, ich möchte Ihnen«, rief er in den Saal hinein, »den Menschen Adenauer näherbringen. Sie alle kennen den Staatsmann, den Bundeskanzler. Wir alle wissen, daß er ein Mythos ist. Ein junger von zweiundachtzig Jahren. Einer von der Sorte, der uns immer wieder überrascht. Wer von uns hätte es für möglich gehalten, daß dieser Mann nach dem Tode seiner ersten Frau sich eine Künstlerin zur Frau nimmt, die geigt?«

Auf diese nur rhetorisch gemeinte Frage hob einer seinen Finger, als wäre er in der Schule, und rief mit lauter Stimme: »Ich«.

Diese Unterbrechung war nicht vorgesehen. Zu allem Überfluß aber kannte der Zwischenrufer auch noch den Mädchennamen der Geigerin. Daß er damit den geplanten Ablauf der Veranstaltung gestört hatte, konnte dieser helle Kopf nicht wissen. Den Namen der Künstlerin zu nennen, die dem Bundeskanzler außerhalb seiner Amtszeit privat aufgeigte, war, wie wir von Peter Scheibenpflug noch am selben Abend erfuhren, als erster Glanzpunkt des Referats eingeplant gewesen.

Der Adenauer-Referent hieß tatsächlich »Cinzano«. Auf dem Kärtchen vor ihm auf dem Tisch stand dieser Name geschrieben. Zuerst glaubte ich, bei dem »Cinzano«-Kärtchen würde es sich um eine Reklame für das gleichnamige Getränk handeln. Cinzanos Mimik wies den Störenfried in die Schranken, ohne ihn eines Blickes zu würdigen. Er nutzte die Pause, um nach seiner Zigarette zu greifen, die er im Aschenbecher neben dem gleichnamigen Kärtchen abgelegt hatte.

Daß er ein starker Raucher war, wurde für Karin und mich zum Problem. Peter Scheibenpflug, der auf einem Stuhl seitlich hinter Cinzano sitzend ihn mit einem weiteren Parteibruder einrahmte, hatte meiner Schwester einen Platz nahe des Triumvirats angewiesen, dem er, mitten im Blickfeld der Zuschauerschaft, stolz angehörte. Cinzano hatte wohl nicht erst an diesem Abend eine erstaunliche Virtuosität entwickelt: Er konnte reden und rauchen zugleich. Der Rauch, den er zusammen mit den Einsichten in das Privatleben des Bundeskanzlers verbreitete, wanderte als eine sich immer wieder erneuernde Wolke in mein Gesicht und das meiner Schwester. Daß er Menthol-Zigaretten rauchte, hätte verknüpft mit dem Namen Cinzano bei einer Zuhörerschaft außerhalb des Immissionsbereichs bestimmt Heiterkeit hervorgerufen. Karin und mir allerdings war sehr bald das Lachen vergangen. Denn mit dem süßlichen Pfefferminzgeruch vermengte sich die kräftige Würze von Knoblauch.

Peter Scheibenpflug verkörperte hinter Cinzano zunächst eine Mischung aus Platzanweiser und Personenschützer, der uns im Auge zu behalten hatte. Nach und nach aber fiel sein Blick von uns ab und war auf ein Nirgendwo außerhalb des Saales, außerhalb der Zeit gerichtet, wo sich die von Cinzano vorgenommenen Charakterisierungen des Kanzlers zu einem Adenauer-Bild verdichteten, auf das die Kinder, die er mit meiner Schwester haben würde, eines Tages in ihren Schulbüchern andächtig blickten. Nur selten verkürzte sich dieser Blick und zog sich zurück auf das Hier und Jetzt. Dann verweilte er aber auch nur kurz auf Karin. Er lächelte die Mutter seiner noch zu gebärenden Kinder an. Die Nachsicht in diesem Lächeln bezog sich auf mich. Denn daß ich nicht wegen Adenauer hier saß, war ihm klar.

Dabei hatte ich nichts gegen den Kanzler. Daß er wegen schwächlicher Gesundheit vom Wehrdienst befreit worden war, machte ihn mir sympathisch. Von seiner Wehruntauglichkeit hatte ich freilich nichts an diesem Abend aus Cinzanos Mund erfahren. Der Biograph gliederte seinen Vortrag in verschiedene Kapitel. Bei dem Kapitel »Die Jugend von Adenauer« – wobei der Redner die eigentliche, also die zurückliegende Jugend mit der Jugend, die der Kanzler gerade durchlebte, vermischte – ging ich wieder auf die Toilette. Es war jetzt bereits halb zehn.

Herrschte im Saal eine ernsthafte Stimmung, so erleichterten sich die meist jugendlichen Zuhörer hier auf doppelte Weise. Sie ließen nicht nur Wasser ab, sondern auch das, was sie im Saal abgeladen hätten, wenn sie Cinzano zu Wort hätte kommen lassen. Einer brüllte »Ollenhauer«. Vom anderen Ende der Abflußrinne schallte es »Eulen-Hauer«. Der vorm Spiegel schrie »Gassenhauer«. Ich malte mir aus, daß in diesem Augenblick Adenauer hereinkäme und aus seiner grauen langen Unterhose auspackte, was die beiden bereits in Händen hielten, und sagen würde: »Ich sage nur Schina! Schina! Schina!«

Wohl die Neugierde trieb ein HiaG-Mitglied nach unten in unsere Toilette, obwohl der »Ratskeller« auch im ersten Stock über ein Klosett verfügt. Ein älterer Angehöriger der Waffen-SS, der sich, ohne ein Geschäft zu verrichten, die Späße der Jugendlichen angehört hatte, wollte der Klosett-Gesellschaft mit einem Witz imponieren. Der Alte von Rhöndorf habe sich anläßlich des Wahlkampfs im letzten Jahr in Kürren aufgehalten, wo er zufällig seinem Widersacher Ollenhauer begegnet sei. Die beiden fingen sich im Nachtprogramm des »Beethoven« eine Erektion ein. Sie seien übereingekommen, auf dem Zimmer noch einige Biere zu trinken. Eine mit Wahlkampfmaterial prall gefüllte Aktentasche habe der Alte in jeder Hand getragen. Den Kasten Bier habe er mit dem gestemmt, was nicht zur Ruhe kommen wollte, auch nicht, nachdem sie das Stripteaselokal verlassen hatten. Nach dem Überqueren der Straße habe er den Kasten abgesetzt. Auf Ollenhauers erstaunte Frage, warum schon hier und nicht erst im Hotel, habe Adenauer geantwortet: »Weil meine Knie nicht mehr mitmachen, verehrter Herr Kollege!«

Zu meinem Erstaunen blieb der Beifall, den sich der Erzähler erwartet hatte, aus. Er hüstelte und stieg wieder hinauf, ein Stockwerk höher. Die Luft war schlecht hier. Ich mußte zurück. Nach meiner Schwester Karin sehen.

Im Saal hatte Cinzano gerade das Kapitel »Adenauer und die Kunst« aufgeschlagen. Niedergeschlagen saß ich wieder neben Karin und traute meinen Augen nicht. Ich beobachtete meine Hand, wie sie nach Karins Hand griff und sie drückte. Gemeinsam eingehüllt in eine Cinzano-Wolke, wurde mir zum ersten Mal bewußt, wir waren Bruder und Schwester. Adenauer hatte jetzt einen Leichenwagen angeheuert, um unersetzliche Bilder aus der Kölner Malerschule, die auf einer Burg lagerten, unverdächtig nach Süddeutschland bringen zu lassen.

Der absolute Höhepunkt des Abends stand noch aus. Er bestand aus einer Inszenierung, die auf das Konto von Peter Scheibenpflug ging. In den Mittelbayerischen Nachrichten wurde der Auftritt in der Wochenendausgabe als die »G'wissenswurm-Einlage« bezeichnet. Der »G'wissenswurm« hieß mit richtigem Namen Johann Wartner und war ein Abgeordneter der Bayernpartei. Der eigensinnige Einzelgänger aus dem Bayerischen Wald hatte sich 1949 bei der Kanzlerwahl über die Stimmenthaltungsparole seiner Partei hinweggesetzt und Adenauer gewählt mit der Begründung, daß ihn »sein G'wissen g'druckt« hätte. »Dieser Mann«, rief nun Scheibenpflug mit kämpferischer Stimme, »dieser Mann brachte Adenauer schon im ersten Wahlgang zum Ziel.« Die Zuhörer antworteten mit heftigem Klatschen. Dann drehte sich Peter um, öffnete eine Tür, eine unauffällige Frau stand in ihr. Peter nahm ihre Hand und zog die Frau dorthin, wo Cinzano stand. Cinzano und Peter Scheibenpflug nahmen sie in die Mitte. Alle drei Personen hielten sich an den Händen gefaßt. In dem Jubel, der nun aufbrauste, gingen die Worte von Peter Scheibenpflug unter. Ob es sich bei der Frau um die Tochter von Herrn Wartner handelte, um eine entferntere Verwandte oder nur um eine Nachbarin, ist mir bis heute nicht bekannt.

Nach dem Ende der Veranstaltung verblieb Karin im »Ratskeller«, um auf Peter Scheibenpflug zu warten, der Herrn Cinzano das vereinbarte Honorar auszuhändigen hatte, das dieser verblasen würde, bei einem anderen Adenauer-Abend, in einer anderen Stadt. Ich schätzte Cinzano auf fünfundvierzig. Wenn er die Geschwindigkeit beibehielt, mit der er den Pfefferminz-Extrakt einer Schachtel Zigaretten in öffentliche Räume blies, würde er die Wiedervereinigung Deutschlands, die Adenauer angeblich bei all seinen politischen Winkelzügen nicht aus den Augen verlor, nicht mehr erleben.

Draußen, vorm »Ratskeller«, wechselte ich die Straßenseite. Ich stellte mich unter eine große Kastanie der Mozart-Allee und atmete tief die augustwarme Nachtluft ein. Nach und nach traten in Grüppchen die Adenauer-Sympathisanten ins Freie hinaus. Alle waren sie, um mit meiner Mutter zu reden, gekonnt gekleidet. Gekonnt hieß unauffällig. »Unauffälligkeit ist das vornehmste Gebot der Eleganz«, belehrte sie mich und warf dabei auch einen Blick auf Eugen. Ob alt oder jung, alle männlichen Besucher der Veranstaltung hatten sich eine Krawatte um den Hals geschlungen. Alle hielten sich an die Regel, je dunkler der Anzug war, um so lebhafter hatte die Krawatte zu sein und umgekehrt. Hatten sie alle wirklich zufällig denselben Geschmack? Oder hatten sie sich abgesprochen? Produzierten all diese Gehirne dieselben politischen Ansichten? Wollten sie alle die Atombombe? Und wenn ja, warum?

Vielleicht ging gerade in diesem Augenblick am anderen Ende der Stadt ein Ollenhauer-Abend zu Ende. Derlei Ereignisse fanden in Kürren im sogenannten »Paradiesgarten« statt. Obwohl den Veranstaltungen im »Paradiesgarten« etwas Solides, Bodenständiges anhaftete, hatten sie mit Träumen und mit Utopien zu tun. Die »Paradiesgarten«-Gänger waren in aller Regel nicht religiös und glaubten dennoch an Versprechen, die sich nicht für sie hier auf Erden, sondern, wenn überhaupt, erst für ihre Kinder erfüllten. Die meisten Besucher des Ollenhauer-Abends wären nicht »unauffällig« angezogen. Es fiele auf, daß der Anzug, den sie trügen, sich aus zwei Anzügen zusammensetzte, von denen jeweils nur eine Hose und ein Sakko in einem tragbar zu nennenden Zustand überlebt hatten.

Ich philosophierte vor mich hin und atmete unter der Mozart-Allee-Kastanie die mentholfreie Luft ein. Plötzlich erschien im weiten Rahmen der offenstehenden Eingangstür mein Vater, gefolgt von Anita Kirschbaum. Er trug seinen beigen Staubmantel. Er nestelte am Hemdkragen und überprüfte den Sitz des Krawattenknotens, er wollte Zeit gewinnen, um möglichst unauffällig die Straße rauf- und runterschauen zu können. Die Kirschbaum schloß zu ihm auf, und die beiden steuerten pfeilgerade auf mich zu. Ich drehte mich ab und setzte mich auf eine Bank, die im Dunklen lag. Sie bemerkten mich nicht.

Ich stand auf und sah ihnen nach. Der angesehenste Advokat unserer Stadt und die Oberst-Witwe waren jetzt ein Liebespaar, das in einen nächtlichen Park hineinspazierte. Aber vielleicht waren sie das nur in meinem erhitzten Kopf, und er brachte sie nur vor ihre Haustür.

Vor unserer Haustür in der Sternwartstraße ging Eugen bereits unruhig auf und ab. Auch er blies Rauch aus, den klassisch reinen seiner »Simona« von »Simon Arzt«.

»Lach nicht!« begrüßte er mich und hob das Kofferradio, das er am Henkel hielt, kurz an. »Sie bringen heute eine wissenschaftliche Sendung über die Münchner Herz-Lungen-Maschine.«

Ich winkte verärgert ab.

»Lach nicht! Sicher ist sicher.«

Fiel sein Besuch in der Sternwartstraße mit einer wissenschaftlichen Sendung zusammen, hörte er sich diese in unserem Radio an. Sein Kofferradio trug er dennoch mit sich herum. Vielleicht wollte sich ein Mitglied der Familie Kaltenbrach ein Wunschkonzert anhören oder der Strom fiel aus.

Wir brauchten noch Bier. Wir läuteten am Gassenschank des »Sternwarthofs«. Die Lade rumpelte hoch und eine ungepflegte Mamsell bückte sich zu mir herab. Ich verlangte einen Träger Bier. Sie ärgerte sich über mich. »Den lang ich euch nicht durchs Guckloch hinaus!« Sie zog den Laden wütend wieder herunter, das Riffelglas klirrte.

Wir betraten das Lokal. »Ich teil' jetzt dreimal ›Strammer Max‹ aus! So lang müßt ihr warten!«

Wir standen am Tresen. Wir hatten Zeit. Was es immer auch im »Ratskeller« für Peter Scheibenpflug aufzuräumen oder abzurechnen gab, wir würden vor Karin und ihm in der Wohnung sein. Die Münchner Herz-Lungen-Maschine konnte Eugen nicht durch die Lappen gehen. Die Sendezeit hatte er im Kopf, das Kofferradio in der Hand.

An dieser Kellnerin gefiel mir zweierlei nicht: Das rotzige Du, das sich vielleicht einer ihrer Stammgäste gefallen ließ, aber nicht Eugen und ich; und der Trauerflor unter ihren Fingernägeln. Anstatt drei Teller »Strammer Max« auf ein Tablett zu legen, bugsierte sie mit ihren ungeschickten Händen die drei Teller durch die rauchige Spelunke. Auf den Tellern lagen nicht nur drei geröstete Brote unter gebratenem Leberkäse mit einem Spiegelei obenauf, sondern auch ihre Finger, die sie als Bremsklötze einsetzte, damit ihr der »Stramme Max« nicht von den Tellern rutschte.

In unserer Wohnung brannte noch kein Licht. Die Frau, mit der mein Vater den Bund fürs Leben geschlossen hatte, weilte mit ihrem Frauenbund in Straßling. Ob die Oberst-Witwe noch Trost brauchte, wußte ich nicht. Mein Vater war bei ihr, vielleicht, um es herauszufinden.

Für den Pumpernickel-Spätlese-Abend waren die Vorbereitungen getroffen. Eugen und ich machten es uns im Wohnzimmer bequem.

Karin läutete, obwohl sie einen Schlüssel hatte. Sie gab uns die Zeit, damit alles so war, wie es ihrer Vorstellung nach sein sollte, wenn sie mit Peter Scheibenpflug ins Wohnzimmer kam. Sie traten ein, und Eugen sprang von seinem Sessel auf, um aus der Küche Biergläser zu holen.

»Bleib sitzen!« wies ich ihn an. »Wir trinken unser Bier aus der Flasche!«

Er versteckte seine Flasche neben dem Sessel, wo sie Seite an Seite mit dem Kofferradio auf dem Parkettboden stand.

Bei seinen politischen Abenden erwies sich Scheibenpflug als ein Funktionär, bei dem alles funktionierte. Schließlich verkörperte er seine Partei. Ob er einen Redner mit einleitenden Worten begrüßte oder einen Störenfried mit einem Hausverbot belegte, stets wirkte er souverän. An den Pumpernickel-Spätlese-Abenden aber war er Privatmann, der sich nicht aus Gründen des Gemeinwohls mit Karin zurückzog. Er war in diesem Nebenzimmer Mandatsträger seines fleischlichen Verlangens. An Karins Bluse war immer ein Knopf zuviel offen, und wenn sie sich aus dem tiefen Sessel aufrichtete und sich zu ihrem Weinglas nach vorn beugte, verweilte sie auffallend lang in dieser Selbstentblößung.

»Guten Abend«, begrüßte uns Scheibenpflug. Er ging durchs Wohnzimmer, an Eugen und mir vorbei. Erst in der Tür zum Nebenzimmer blieb er stehen. »Ein erfolgreicher Abend. Finden Sie nicht?«

Er siezte mich. Mir war das recht. Ob daraus einmal ein Du werden würde, sollte Karin entscheiden.

»G'wissenswurm war ein witziger Einfall«, lobte ich.

»Witziger Einfall ist das falsche Wort. Johann Wartner nahm eine historische Gelegenheit wahr und schrieb Geschichte.«

Ich ärgerte mich über mich selbst. Sein mit dem Betreten unserer Wohnung erloschenes politisches Mandat hatte ich durch diesen »G'wissenswurm«-Verweis wieder belebt. Ich wollte meine Augen offenhalten, damit er erst gar nicht auf die Idee käme, im Nebenzimmer seinerseits eine historische Gelegenheit wahrzunehmen und damit Familiengeschichte zu schreiben.

Er lächelte mich von oben herab an und nahm seinen Platz ein. Auch Karin blieb in der Tür zum Nebenzimmer stehen. Sie schaute auf Eugen und dann auf mich. »Haltet euch bitte da raus!« sagte ihr Blick. Sie drehte sich um, dem Beistelltisch zu, auf dem die Flasche Spätlese und zwei Weißweingläser warteten, und gab der Tür mit der Hand einen leichten Schubs. Das sollte unbeabsichtigt aussehen, war aber kalkuliert. Jetzt mußten wir uns aus unseren Wohnzimmersesseln erheben, um unserem Auftrag gerecht zu werden.

Bislang hatte eine harmlose Musik aus dem Radio geplätschert. Nun trat eine Funkstille ein. Eugen faßte sich zwischen die Beine, um etwas einzurichten und räusperte sich. Eine Sprecherin kündigte einen wissenschaftlichen Bericht aus München über die Münchner Herz-Lungen-Maschine an. Eine spröde Stimme, die selbst schon wissenschaftlich klang.

Ein renommierter Wissenschaftler stellte die Maschine vor. Diese Apparatur übernähme bei Ausschaltung des Herzens dessen Pumpfunktion. Außerdem würde das Blut mit $H0-2$ angereichert und zugleich von $HCo-2$ gereinigt. Eugen nickte heftig. Er hatte dies schon gewußt und zündete sich eine Zigarette an. Ich versuchte, nicht hinzuhören. Diese Mitteilungen waren mir neu und wirkten auf mich wie Blutentnahmen, bei denen ich regelmäßig das Bewußtsein verlor. Aus dem Nebenzimmer drang ein gemeinschaftliches Kichern. Der Wissenschaftler erging sich nun in einer detaillierten Schilderung der nur noch mittels Apparatur am Leben gehaltenen Herz-Lungen-Tätigkeit. Ich machte meinen Mund weit auf, um mein Gehör abzuwürgen. Mit einem Male öffnete sich die Nebenzimmertür, und Peter Scheibenpflug und Karin spazierten an uns vorbei, aus dem Wohnzimmer hinaus.

»Geh du ihnen nach! Das sieht besser aus«, bat ich Eugen. Seine Aufmerksamkeit war ganz auf die Sendung aus München gerichtet. Es dauerte, bis er kapierte. Dann griff er nach seinem Kofferradio, schaltete das Gerät an und verließ damit das Wohnzimmer. Ich hörte in kurzen Abständen die Wohnungstür zweimal hintereinander ins Schloß fallen.

Die mir von meinen Eltern übertragene Aufsichtspflicht beschränkte sich für mich auf unsere Wohnung. Offensichtlich legte Eugen das Mandat weiter aus. Ich nahm, während ich im Wohnzimmer unschlüssig auf und ab schritt, an, daß er den beiden nachging, sie nicht aus den Augen ließ und im Bedarfsfall eingriff. Was aber war der Bedarfsfall? Und konnte er sie tatsächlich im Auge behalten, wo doch im Radio diese wissenschaftliche Sendung lief?

Der Wissenschaftler redete noch immer. Ein französischer Arzt sei bereits 1812 auf die Idee gekommen, das Herz durch eine Pumpe zu ersetzen. Er kam nun auf angeborene Herzfehler zu sprechen. Der Wissenschaftler warnte die Bevölkerung vor nicht erkannten angeborenen Herzfehlern. Niemand solle sich in Sicherheit wiegen. Ich ging ins Nebenzimmer. In den beiden halbvollen Weingläsern wurde die Spätlese warm. Ich setzte mich in Karins Sessel. Mein Kopf war leer. Ich brach ein Stück von dem Pumpernickel ab und steckte es mir in den Mund. Ich kaute darauf herum, dann spuckte ich es mir in die Hand. In diesem Augenblick drehte sich an der Wohnungstür von draußen ein Schlüssel im Schloß. Karin kam durchs Wohnzimmer geradewegs auf den Beistelltisch zu. Sie hatte verweinte Augen und beachtete mich nicht. Sie nahm die Weingläser und die Flasche vom Tisch und ging damit in die Küche. Ich blieb in ihrem Sessel sitzen und schaute auf den leeren Sessel gegenüber. Auf dem Tischchen lag der angebrochene Pumpernickel. In meiner Hand spürte ich die warmen, feuchten Brösel.

Eine Viertelstunde später läutete es. Es war Eugen. »P... P... Peter ...«. Ich hielt den Zeigefinger vorm Mund und ging ihm ins Nebenzimmer voraus. Wir saßen in den Sesseln, die für Karin und Peter bestimmt waren.

Er war den beiden zunächst in gebührendem Abstand gefolgt. Gebührend hieß, sie hatten nicht bemerkt, daß er ihnen nachgegangen war. Dabei hatte er, während er hinter ihnen herlief, aus seinem Kofferradio die Sendung aus München gehört. Zunächst kam ihm der Straßenlärm zugute. Die Situation änderte sich aber, als Peter mit Karin in dem Gartenweg verschwand, der zur Korbinianschule führte. Dunkelheit und Stille erschwerten jetzt die Beschattung. Zugleich lief im Radio der wissenschaftliche Report einem Höhepunkt zu. Hatte bis dahin der Wissenschaftler die Möglichkeit einer Herzoperation mit Einsatz der Herz-Lungen-Maschine »endlich auch in Deutschland« nur angedeutet, so stand die Bekanntgabe des genauen Operationstermins unmittelbar bevor. Peter und Karin waren unterdessen stehengeblieben und lehnten nun an einem Gartenzaun. Unglücklicherweise näherte sich auf der parallel zu der Kleingartenanlage verlaufenden Bahnstrecke ein Zug. Bei dem metallenen Dröhnen und Röhren hielt Eugen das Kofferradio ans Ohr und stellte dabei versehentlich den Ton lauter. Der Zug rauschte vorbei, die Radiostimme sprach in die Stille hinein, Peter und Karin schreckten auf. Sie lösten sich aus ihrer Umarmung und gingen auf ihn zu. »Sie ermitteln im Auftrag der Familie Kaltenbrach!« Peter machte auf dem Absatz kehrt und Karin blieb allein zurück. Die wissenschaftliche Sendung lief noch zehn Minuten, die Eugen im Gartenweg verbrachte.

VI

Wir waren unterwegs nach Süden. Mit einem soliden schilfgrünen Dach überm Kopf. Daß Jahr für Jahr tausende Deutsche auf einer Straße, die sich Strada del Sole nannte, nach Italien fuhren, hatte ich in einer Illustrierten gelesen. Ich wußte nicht, wo diese Strada del Sole anfing, wahrscheinlich jenseits des Brenners. Aber vielleicht war das auch nur ein Phantasiename, und wir befanden uns bereits auf ihr. Immerhin schien die Sonne auf den Asphalt vor uns, über den die Räder unseres Standard rollten. Und ein Seitenblick auf den Beifahrersitz zeigte mir, daß Eugen bereits »südlich« gestimmt war. Er rutschte auf dem Sitz hin und her, offensichtlich voller Tatendrang.

»Lach nicht, Michael! Aber das entwickelt sich erst.« Kilometer für Kilometer, unterwegs nach Rosenheim, begann sich das Versprechen auf der Packung des Bräunungsmittels zu erfüllen. Doch ähnelte Eugens Gesicht nicht dem haselnußbraunen »Nachher«-Gesicht auf der Rückseite der »Tamlo«-Verpackung, das auf ein lustlos blickendes »Vorher«-Gesicht herabsah. Dieses blasse Gesicht erinnerte mich an die allererste Pizza Kürrens, bevor sie gebacken worden war.

Zu Kürrens Pizza-Premiere waren regionale Honoratioren und ein Berichterstatter der Mittelbayerischen

Nachrichten geladen gewesen. Sie traten einen Schritt zurück, um den MN-Fotografen für eine Aufnahme von Kürrens erster Pizza, den Vortritt zu lassen. Kürrens erste Pizza war zunächst ein flacher, bleicher Hefeteig, dem nichts Italienisches anzusehen war. Mit dem Tempo und der Geschicklichkeit, wie sie nur italienischen Händen zu eigen ist, legte Vittorio dünngeschnittene Scheiben einer Dauerwurst auf dem Teig aus und schob das Backblech dann in den Ofen. Vittorios Ehrengäste und die Medienvertreter beugten sich nach einer Backdauer von fünfzehn Minuten über die braungebrannte, knusprige Pizza wie über ein neugeborenes Kind und brachen in Jubel aus.

Als ich auf Eugen blickte, war mir nicht nach Jubeln zumute. Der Farbton in seinem Gesicht und auch am Hals ähnelte nicht annähernd dem Haselnußbraun auf der »Tamlo«-Verpackung. Es hatte den Anschein, als hätte Eugen eine fortgeschrittene Gelbsucht mit Karotten behandelt oder als hätte er den Tagesbedarf an Aletesaft geschluckt, der der Babystation unserer Kinderklinik zur Verfügung stand.

Draußen, hinter dem oberen Drittel der Windschutzscheibe des Standard, zog ein Gewitter auf. Ab und zu überwand ich mich und warf einen Blick auf meinen Beifahrer. Die Sonne richtete einen Lichtspeer durch die Wolken. Bronzefarben leuchtete Eugens Gesicht. Der Himmel über unserem VW war schwarz wie Eugens Haar. Jeden Augenblick konnte es jetzt donnern und blitzen. Obwohl ich ihn mehrmals darauf hingewiesen hatte, daß man das Autoradio aus der Halterung ziehen und mit ins Zelt nehmen konnte, hatte er auf sein eigenes Kofferradio nicht verzichtet. Rundherum mit sich zufrieden, hielt er es wie eine Trophäe gegen den Bauch gedrückt. »Das war ein Jahr, was Michael?« seufzte er mitten im August. Gewohnheitsmäßig fing er an, am Kofferradio zu fingern. In der Gemütslage, in der er sich jetzt befand, war er auf der Suche nach einer der großen Redeschlachten im Deutschen Bundestag.

»Erler gegen Barzel«, sagte ich. »Das wär's!«

Er nickte, lehnte sich zurück und nickte ein. Ich löste das Radio aus dem jetzt schwachen Griff seiner Finger. An unseren Reichsadler dachte ich dabei, dem sie, um ihn zu entnazifizieren, das Hakenkreuz unter den Krallen weggezogen hatten. Ob über ihm in diesem Augenblick der Regen auf das Hallendach trommelte? Ich brauchte kein Zwischengas zu geben, blieb immer im selben Gang, fuhr mit gleichbleibender Geschwindigkeit vor uns hin. Kürren fiel immer mehr von uns ab.

Sich nicht bewegen. Dem Schmerz kein Zeichen zum Angriff geben. Einem Schmerz, der auf der Lauer lag und verschiedene Ursachen haben konnte. Dieser hatte mit Vergiftung im weitesten Sinn zu tun.

Zu nackten Beinen blickte ich auf. Nackte Füße, die sich in Gummisandalen gezwängt hatten, schlurften an mir vorbei. Gestreifte Handtücher hingen über Ellbogen zu blassen Knien hinab. Auch bei offenen Augen dauerte es noch eine Weile, ehe ich wußte, wo ich war. Behutsam nahm ich Beziehung zu mir auf. Zu meinen Händen, die kribbelten. Meiner Stirn, die hart auflag. Meinen Augen, die in ihren lichtdurchfluteten Höhlen sich unter Schmerzen zu drehen schienen. Und die jetzt aufschauten: Eine

Lederhose hatte über ihnen geparkt. Eine kurze, die vom ständigen Eincremen und Aufpolieren dunkel geworden war. Für die Klassenspiele hatte ich unseren Lederball mit einer Bürste auf solchen Hochglanz poliert. Steinhart war unser Ball gewesen. Ich hatte ihn auf den Hinterkopf bekommen beim Kopfballduell und war mit ihm wie betäubt auf das verkehrte Tor losgestürmt.

Die kurze Lederne, die über mir stand, trug der Campingplatzwart. Er beugte sich zu mir herab und drückte mir einen Kugelschreiber in die Hand. Auf der luftleeren Luftmatratze streifte er einen Zettel plan. Sein Zeigefinger pendelte ungeduldig über einem Wort, unter das ich meine Unterschrift zu setzen hatte. Wortlos kam ich seiner Aufforderung nach. Wahrscheinlich unterschrieb ich soeben ein Aufnahmeersuchen. Mit einem kleinen Glücksgefühl konstatierte ich, daß wir die Aufnahmeprüfung bestanden hatten. Die Lederhose entfernte sich, nachdem eine Hand das Formular aufgehoben hatte. Ich richtete mich etwas auf.

Der Platzwart hatte keine Haare mehr auf seinem runden Schädel. Nur seine Schläfen waren bewachsen, dichte Koteletten breiteten sich als Ausgleich für sein fehlendes Kopfhaar bis über die Wangen aus. In Ausübung seines Berufs hielt sich der Mann vorwiegend im Freien auf. Sein Kahlkopf wies den Farbton auf, der mir für Eugens Gesicht vorschwebte. Er wiederholte das Braun der Hose, und da dem Mann der Schweiß nicht nur auf der Stirn stand, glänzte die Kopfhaut so wie seine Lederhose.

Eugen lag neben mir. Unter dem eingestürzten Teil des Zelts, das wir nachts versucht hatten aufzustellen. Auch er rührte sich nicht. Sein Kofferradio in Kopfhöhe verriet, daß er sich nicht uninformiert dem Schlaf überlassen hatte. Wahrscheinlich hatte er noch die Spätnachrichten mitgenommen.

Ich versuchte, die Ereignisse des zurückliegenden Tags zu rekonstruieren. An das Ortsschild von Rosenheim konnte ich mich noch erinnern. Und an ein an mehreren Plakatwänden wiederkehrendes »Barzel spricht!« Es war angekündigt, daß er am Abend unserer Ankunft sprechen würde. Uns blieb also nicht viel Zeit für die Errichtung unserer Leinwandvilla. Barzel war für Eugen ein Muß, obwohl er nicht seine politischen Überzeugungen teilte. Er bewunderte in Barzel einen »Meister der lebendigen Rede«. Ich konnte mich für diese gut geölte Sprechmaschine nicht begeistern, die ausgerechnet an diesem Abend wegen eines technischen Defekts außer Betrieb war. »Barzel spricht nicht!« hatte sich am Eingang der Turnhalle, in der er auftreten sollte, schon längst herumgesprochen. »Beppo Brem und Bally Prell springen für ihn ein!« verlautbarte es allenthalben. Was kein Unglück war und mir, ich war der endlosen Debatten um die Atombewaffnung müde, sogar entgegenkam. Barzel, Beppo Brem, Bally Prell – ein schwieriger Parcours für Eugens Zunge, den er an diesem Abend mit Bravour nehmen sollte.

Keiner in der Turnhalle schien Barzel zu vermissen. Ja, es hatte den Anschein, als wäre gerade dessen Abwesenheit Anlaß zu einer ausgesprochen ausgelassenen Stimmung. Bei Beppo Brem handelte es sich um einen langgliedrigen Menschen. Was sein Gesicht ausdrückte, erinnerte an einen Esel und dann wieder an ein Pferd und manchmal an beide zugleich. Beppo Brem hatte sich mir eingeprägt, in einem Film, für den auf Plakaten mit einem drallen Dekolleté geworben wurde, über das der Schriftzug »Oberbayern« lief. In Oberbayern hielten wir uns augenblicklich auf. Eine fesche Magd in einem Dirndlkleid hatte sich mit den Worten »G'fall ich dir?« an Beppo herangemacht. Beppos Blick kam aus Eselsaugen und vertiefte sich in den Ausschnitt der Maid; er wurde von der Feststellung: »Nackert wast ma liaba!« begleitet.

Beppo Brem eröffnete den Abend mit einer Polka, von der er singend behauptete, daß sie in Kürze jeder kennen würde: »Die Barbara, der Bonifaz, die Pia und der Peter, von Passau bis zum Bodensee, die Polka kennt bald jeder...« Wobei er jeweils das B und P zwischen den Lippen zerplatzen ließ.

Ich wurde unruhig und hatte ein Auge auf Eugen gerichtet, der seinerseits Beppo auf der Bühne nicht aus den Augen ließ. Was ging in ihm vor? Die Halle amüsierte sich. Aber Eugen? Das Gejohle und Gelächter, es galt ausschließlich diesem schlaksigen Kerl, der vorgab, nicht zu wissen, wohin mit seinen langen Armen und Beinen. Die Turnhallenbesucher hatten sich erhoben und schwenkten ihre Bierkrüge. Hätte der Veranstalter auch Bier ausgeschenkt, wenn sich bewahrheitet hätte, was die Plakate querfeldein durch Rosenheim versprochen hatten: »Barzel spricht!«? Auf der Bühne erschien nun zusätzlich Bally Prell. Ihre Leibesfülle stand im Kontrast zu den fleischlos wirkenden Gliedmaßen ihres Gesangskollegen. Daß die Künstleragentur, die wohl beide betreute, auf diesen Gegensatz setzte, war leicht zu durchschauen und kam mir billig vor. Daß Bally Prell gleich anfangen würde, sich an dem Zweivierteltakt zu versuchen, war ebenfalls leicht vorhersehbar, ebenso ihr Scheitern an dem Tanz. Das eingeplant war, um die Stimmung im Saal zum Kochen zu bringen. »Bei dera Polka, bumstarassasa, san BonaStangaBoaner bsonders guat ...« Beppo Brem ließ sechs weitere B hintereinander platzen.

Eugens dünne Lippen lächelten. Plante er schon seinen Auftritt? Im nachhinein spricht vieles dafür: In kürzer werdenden Abständen griff seine Hand nach dem Maßkrug. In tiefen, gleichmäßigen Zügen lief das Bier aus dem Krug in den schmalen Schlitz seines Mundes. Seine linke Hand winkte der Bedienung, während seine rechte den Maßkrug an die Lippen hielt, um ihn mit einem letzten Schluck zu leeren. Eugen und die Kellnerin waren bald ein eingespieltes Team.

Bally Prell übernahm nunmehr mit einer Altstimme die Rolle der Vokalsolistin. Sie hatte sich, was nicht zu überhören war, auf Selbstlaute spezialisiert. Übertrieben markant und altbacken erschien mir ihr in der Mitte des Mundraums erzeugtes A. Beppo Brem begleitete sie mit Verrenkungen am ganzen Leib und im Gesicht. Mit einem Text, der mich und auch die schätzungsweise zweihundert Barzel-Sympathisanten nicht vom Sitz riß, begrüßte sie ausgerechnet in Rosenheim München als des »Bayerlandes Städtekönigin«. Ihre Lobhudelei erreichte den Höhepunkt in der Behauptung »Wer einmal gsehn dich hat, dich nimmermehr vergißt ...« Achtzig Kilometer von der Landeshauptstadt entfernt, kam das nicht gut an und erzeugte eher böses Blut. Was Eugen angeht, so hatte ich den Eindruck, er nahm Bally Prell gar nicht wahr. Nicht an diesem übergewichtigen musikalischen Leichtgewicht hatte er sich zu messen, sondern an der musizierenden Bohnenstange, die sich einbildete, seine Sprachstörung zum Gaudium des Publikums imitieren zu dürfen. In gewohnter Umgebung, wie zum Beispiel in Kürrens Nachtlokal Beethoven, waren Eugens Einlagen zwar nicht an der Tagesordnung, aber auch nicht ganz außergewöhnlich. Ihnen ging immer Alkoholkonsum voraus. Zwei Autostunden weg von Kürren, waren soche Einlagen aber eher unwahrscheinlich.

Ich wurde nervös, meine Blase drückte. Ich bahnte mir einen Weg zum Klosett. Vor einer mannshoch geteerten Wand, die den scharfen Geruch von Urin zurückstrahlte, stand in Zweierreihe Mann neben Mann. Die Pissoirtür war offen. Draußen im Saal, es war Pause, hatte sich der Lärmpegel in einer Größenordnung eingependelt, die der Ruhe vorm Sturm entsprach. Da die Druckbelastung meiner Blase nicht vom Bier, sondern von einer ängstlichen Erwartung herrührte, und inmitten der von einem heftigeren Bedürfnis Geplagten eher abnahm, hatte ich es nicht eilig. Ich glitt in einen Zustand müder Entspannung, vergleichbar jenem Wohlgefühl am Steuer des Standard vor ein paar Stunden, als Eugen neben mir eingeschlafen war und sich am Himmel ein Gewitter angekündigt hatte.

Ich hatte noch einen Mann vor mir, als draußen in der Turnhalle die Musik wieder einsetzte. Es war die Gruppe, die Brem und Prell begleitete. Dauerte den drei Musikanten die Pause zu lang? Dann vernahm ich über das Mikrophon ein Räuspern. Ein Räuspern wie es aus dem kleinsten Raum der in der Rommelallee 7 gelegenen Wohnung an mein Ohr gedrungen war. Hatte es damals wie eine Entschuldigung geklungen, so hörte es sich jetzt wie eine Kampfandrohung an. Das Räuspern wiederholte sich:

Eugen räusperte sich warm. Die Musiker, die sich bis dahin ebenfalls nur warm gespielt hatten, ließen plötzlich von ihren Instrumenten. Auch das Räuspern verstummte. Der ältere Herr vor mir in kurzer Hose wedelte mit seiner Hirschledernen und machte mir Platz. Die Musik setzte ein. In unmittelbarer Nähe des Mikrophons platzten die ersten B's wie Luftballons. Ich hätte mir am liebsten mit den Zeigefingern die Ohren verstopft. Meine rechte Hand half indes mit, mir Erleichterung zu verschaffen. »Die Barbara, der Bonifaz, die Pia und der Peter, von Passau bis zum Bodensee, die Polka kennt bald jeder ...«

Keinen Namen hatte er vergessen, nicht den See und nicht die Stadt. Stimmlos, wie von einem Lippenlaut-Roboter erzeugt, knallten die B's und P's. Die Musikanten, die ihn zuerst nur zögerlich ein paar Takte begleitet hatten, spielten nun mit Begeisterung auf. Einige Zuschauer erhoben sich bereits und klatschten mit. Eugens Lippen zündeten in immer kürzeren Abständen die B- und P-Bomben der Polka. Die Halle tobte. Noch Sekunden vorher hatte ich in der Abflußrinne versinken wollen, abfließen wollen wie all der nach Bier dampfende Urin. Jetzt richtete ich mich vor der Teerwand auf, drehte mich um und schritt stolz zur Tür, in der sich die Männer drängten. Zwei Männer, die noch nicht an der Reihe waren, hatten bereits ausgepackt. Aber anstatt sich bei der Abflußrinne anzustellen, standen sie mit offenem Hosenschlitz und offenem Mund in der Tür und schauten mit leuchtenden Augen in die Halle hinaus. Beim Vorbeigehen stieß ich gegen sie. Die Männer verloren die Balance und ließen kurz aus, was sie in Händen gehalten hatten. Die Halle stand kopf. Das Geschrei, das Gekreische, hatte Eugens Konkurrenten aus ihren Umkleidekabinen getrieben: Beppo und Bally tauchten im Hintergrund der Bühne auf. Beppo fuhr sich mit seiner langen Hand übers Gesicht, als wischte er sich ungläubig über die Augen. Die Männer und Frauen standen jetzt auf Tischen und Bänken.

Ich setzte mich auf, hielt mir den Kopf mit beiden Händen und schaute auf die ausgebeulte Plane, unter der Eugen lag. Der Standard meines Vaters bewachte uns, rund und geduckt, als würde er seine Blechmuskeln spannen. Mit seinem Schilfgrün hatte er sich der Umgebung angepaßt.
Eine Schlacht war geschlagen. Aus ihren leichten Behausungen, hergestellt aus Stoff und Pfählen, krochen nach und nach die Überlebenden, um sich am Waschplatz zu versammeln. Nur Eugen lag ausgestreckt am Boden. Aber sah die Plane, die ihn bedeckte, nicht aus wie eine Siegesfahne? Und klangen seine lauten Atemzüge nicht nach den hellen Stößen einer Trompete?

Ich spazierte über die Anlage. Begegnete ich einem Mitzelter, grüßte ich ihn. Schließlich war ich einer von ihnen, Teil einer Zelt-Gesellschaft. Die außerhalb der bestehenden Gesellschaft und deren Ordnung existierte. Einer bürgerlichen Gesellschaft, die draußen vor der Einfahrt begann. Gab es diesseits der Schranke so etwas wie eine Zeltordnung? fragte ich mich. Die Unterschrift, die mir der braune Platzwart abverlangt hatte, war ein Indiz dafür. Andererseits sah es vor einigen Zelten aus, als hätte man ein Wohnzimmer ausgeräumt und seinen Inhalt auf die Wiese gekippt. Draußen, jenseits der Schranke, ging man seinen alltäglichen Geschäften nach. Männer mit

Aktentaschen waren unterwegs zum Büro. Frauen schoben Kinderwagen und machten sich Gedanken über das Abendessen. Nachts legten sich Eheleute in Ehebetten, nachdem sie abends ihre Kinder in Kinderbetten gebracht hatten. In derlei Betrachtungen versunken, kam ich an der Unterkunft unseres Zeltwarts vorbei. Arbeitsplatz und Schlafplatz lagen nicht nur nahe beieinander, sondern waren identisch. Das sah ich von außen, auf einen ersten Blick. Zwar bestand dieses Quartier nicht aus Pfählen und Planen, doch konnte von fester Behausung nicht die Rede sein. In einer übergroßen Blechbüchse, die nicht in verschiedene Kammern unterteilt war, hielt sich der Mann auf. Als er mich sah, nahm er in der aus dem Blech geschnittenen Öffnung, die er stehend ganz ausfüllte, Haltung an. Er führte die gestreckte linke Hand an die Stirn zu militärischem Gruß. Seine steife kurze Lederne war jetzt Teil einer mir nicht bekannten Uniform. Es tat mir leid, daß mein Grüß Gott etwas zu lässig ausfiel. Im Weitergehen sah ich ihm deshalb über meine Schulter nach wie einem Freund, mit dem man sich gleich wieder trifft. Der Mann wirkte nicht zierlich, doch er war von kleinem Wuchs. Wer war zuerst auf diesem Zeltplatz zu Hause gewesen? Diese blecherne Bude oder der lederbehoste Wart? Hatte man ihm nur deshalb das Zeltwartamt anvertraut, weil er in diese Blechbüchse paßte?

Ich ließ Eugen schlafend seinen Triumph auskosten und fuhr mit dem VW allein nach Rosenheim hinein.

Es war ein trüber Tag ohne Himmel. Italien war irgendwo. Wir waren übereilt aus Kürren aufgebrochen. Als wollten wir uns keine Zeit lassen, unseren Entschluß zu revidieren. Im Gepäcknetz des Standard lag nur ein Stadtplan von Kürren. Ein überflüssiges Werbegeschenk der VW-Vertretung unserer Stadt, in der ich jede Straße beim Namen kenne. Selbst Sackgassen, in die sich allenfalls Fremde verirren, sind mir vertraut wie Hosentaschen, in denen es auch kein Weiterkommen mehr gibt. In einer Buchhandlung, die sich »Zum guten Buch« nannte, fragte ich nach einer Italienstraßenkarte. Ich durfte mich damit auf einen Hocker unter einem Regal setzen, das voll war mit guten Büchern. Mir gegenüber war ein Metallständer aufgebaut, in dem in mehreren Etagen Zeitschriften steckten. Offensichtlich nahm sich das Geschäft »Zum guten Buch« nur beim Buch beim Wort. Für die Fotos, die auf den Titelseiten der Zeitschriften prangten, galt ein anderes Motto. Die Karte auf meinen Knien aufgeschlagen, zogen sie meine Aufmerksamkeit an wie ein Magnet. Die auf den Fotos abgebildeten Frauen ließen mich abkommen vom rechten Weg, den ich nach Italien suchte. Sie waren allesamt blond und nur leicht bekleidet. Allesamt hatten sie hier in Rosenheim einen Zwischenstop eingelegt auf ihrer Fahrt nach Italien, denn daß sie dort erwartet würden, von all den Pietros, Brunos, Bartolos, das war für mich sonnenklar. An mein Studium der Straßenkarte schloß sich in »Italienisch für einen Touristen« ein »kleiner Rundgang« an. Dabei gewann ich den Eindruck, daß ein Aufenthalt in Italien aus nichts anderem als Fragen nach dem Preis, dem Handtuch, dem Impfschein, der Drahtseilbahn, dem Bahnhof und »Was haben Sie gegen Durchfall?« bestand. Ich war noch nicht bei dem Kapitel »Ich über mich – Verschiedenes in Kurzform« angekommen, als draußen der Regen einsetzte. Es schüttete keineswegs aus Kübeln. Nein, leise, klammheimlich setzte er ein. Ein Regen, von mittlerer deutscher Art und Güte, ausdauernd, von dichter Textur, der Eugen und mich aufforderte, die Straße zu nehmen, die über den Brenner nach Süden führte.

Die Schranke war oben. Ich fuhr den VW nahe an die nun ordnungsgemäß in den Boden gerammten Heringe unseres Zelts. Eugen war ausgeflogen. Im Regen machte ich mich auf die Suche nach ihm. Sie dauerte nicht lang. Der Chef des »Führerbunkers« und Konrad Moser, der über die wenigen Quadratmeter dieser Blechbaracke herrschte, hatten sich gefunden.

»Du wirst lachen«, winkte mir Eugen mit einer Bierflasche aus der Unterkunft des Zeltwarts zu, »aber Konrad und ich, wir haben dich erwartet.«

»Kommen Sie herein in die gute Stube!« forderte mich Konrad Moser auf und machte einen Schritt ins Freie. Seine dunkle Lederhose glänzte jetzt schwarz. »Es gibt nichts Schöneres als im Regen vor seinem Haus zu stehen«, sagte er.

Das »Haus« bot überraschend Platz für uns drei. Und für ein Kofferradio, das in Kopfhöhe ein Fußballspiel übertrug. Die Blechbauweise erwies sich als Hallraum für die Reporterstimme. Instinktiv bewegte ich meinen Arm in Richtung Rundfunkgerät, um leiser zu drehen.

»Bitte nicht!« bat mich Eugen und drückte meinen Arm nach unten. »Danach spricht Dehler!«

»Meine Meinung zu Dehler kennen Sie ja«, wandte sich Moser an Eugen. »Ginge es nach ihm, stünden wir Deutsche mit Pfeil und Bogen da.«

»Vielleicht haben wir nach all dem eine andere Ausrüstung auch nicht verdient«, erwiderte Eugen.

Ich war zu früh gekommen oder zu spät. Im Radio wurde das Spiel abgepfiffen. Nach einer kurzen Pause machte eine Art Freizeichen darauf aufmerksam, daß nun die Nachrichten begannen.

»Daran im Anschluß Dehler«, flüsterte Eugen, der mir ansah, daß mich weder Dehler noch das Neueste aus aller Welt interessierte.

»Mein Bruch mit Dr. Adenauer beruht auf dieser Frage«, sprach Eugen in die Wettervorhersage hinein. Aber dieses Mal hatte, wie ich gleich erfahren sollte, nicht er mit Adenauer gebrochen, sondern Thomas Dehler, der Adenauer nicht mehr abnahm, daß er die Wiedervereinigung wolle.

»Im März 1952 hatten wir ein Angebot Stalins«, sagte Eugen bedeutungsvoll im Tonfall von Thomas Dehler und deutete mit ausgestrecktem Arm in ein Plenum, das nur er sah. »Man muß sich das wieder einmal in Erinnerung rufen, was dem deutschen Volk an Verhandlungsmöglichkeiten geboten war. Der Herr Bundeskanzler aber hat uns damals erklärt: Das ist ein Störmanöver!« fuhr Eugen im Tonfall von Dehler fort. »Sie sind aber in der Regierung geblieben, Herr Dehler!« unterbrach sich Eugen, plötzlich mit einer anderen, hohen hysterischen Stimme. »Das war ein Zwischenruf des Abgeordneten Stücklen. Erinnern Sie sich?« examinierte er Zeltwart Moser.

Warum wollte er sich Thomas Dehler antun, wo er ihn doch auswendig beherrschte?

»Gerstenmaier hatte nicht den Hauch einer Chance. Ich höre noch heute, wie er mit der Glocke bimmelt. War das ein Hexenkessel!« Platzwart Moser versuchte, mich in das Gespräch einzubeziehen. »Herr Präsident, meine Damen und Herren ...«

In diesem Augenblick ging die Tür auf, die der Wind zugeschlagen hatte, und ein kleines Mädchen drängte sich an Eugens Knie. Es schlug ein Schulheft auf, entnahm eine Fotografie von Rainer Barzel, hielt sie hoch und sah mit bittenden Kinderaugen zu Eugen auf: »Für meine Mutti!« Moser reichte Eugen einen Stift. »Woher weißt du, daß ich hier bin?« fragte Eugen. »Da drüben«, sagte das Mädchen und deutete durch die jetzt offenstehende Tür, »gleich da drüben steht unser Zelt.« Eugen unterschrieb. Die Kleine zog ihm das Foto aus der Hand und steckte es geschwind ins Heft zurück. Sie machte auf dem Absatz kehrt und lief in den Dauerregen hinaus.

»Das ist jetzt schon die Dritte.« Moser blickte triumphierend auf mich. Dann schaute er auf Eugen und nickte, wie zu seiner eigenen Bestätigung.

Im Radioprogramm folgten nun in der Serie »Bundestagshöhepunkte« Ausschnitte aus Dehler-Reden. Obwohl Platzwart Moser Dehler unterstellt hatte, die Bundeswehr mit Pfeil und Bogen ausrüsten zu wollen, fand er an der Rhetorik, die von den vier Blechwänden widerhallte, Gefallen. Die Bierflasche bereits an den Lippen, hielt er inne, kräuselte die Stirn und lauschte. Wenn dann der Beifall aufrauschte, stimmte auch er zu: Ein stummes, heftiges Ja, das aus einer kurzen Abwärtsbewegung des Kinns bestand.

»Jeder, der im Bundestag seinen Mund aufmacht, soll sich vorher daran erinnern, daß er ein Deutscher ist«, sagte Moser. »Wenn ich nachts auf dem Zeltplatz meine Runde drehe, tue ich als Deutscher meine Pflicht, ganz egal, ob ein Landsmann, ein Schweizer oder gar ein Italiener hier sein Zelt aufgeschlagen hat.« Ich verstand den Zusammenhang nicht gleich.

»Wenn die Schranke unten bleibt, kommt meine Zeit. Hat sich zum Beispiel einer ohne meine Erlaubnis zu nah an das Zelt eines anderen gestellt, hole ich ihn auch um Mitternacht noch heraus. Bei Zelten mit einer Grundfläche über sechs Quadratmeter zwei Meter Abstand, zu Kraftfahrzeugen drei Meter«, belehrte er Eugen und mich.

Er stand auf und stellte sich in die Tür. Der Regen, den der Wind hereinpeitschte, erwischte ihn, aber er nahm davon keine Notiz. Er schaute über seinen Verantwortungsbereich. Im Radio machten die Höhepunkte im Bundestag gerade eine Pause. Ich faßte mir ein Herz und drehte aus. In der plötzlich eintretenden Stille hielt ich für Augenblicke den Atem an. Ich nahm mir vor, darauf zu achten, wie lange sie Bestand haben würde. Währte sie drei Minuten oder eine Viertelstunde? Ich war außerstande, gleichzeitig auf die Stille zu achten und die Zeit, die verging, zu schätzen.

Obwohl er Eugen und mir den Rücken zuwandte, wußte ich, daß Platzwart Konrad Moser jetzt lächelte. Ein Lächeln der Verheißung und der Verkündigung. »Ich habe mir das Spiel tausendmal selbst übertragen«, begann er. »Unablässig fällt der Regen herab in das Wankdorf-Stadion zu Bern.« Er trat noch einen Schritt weiter hinaus, um selbst im Regen zu stehen. »Die deutsche Mannschaft wankt, aber sie fällt nicht«, fuhr er fort. Ich blickte erschrocken auf Eugen. Dessen Augen waren fiebrig auf den kleinen Mann in der kurzen Lederhose gerichtet. »Wir spüren immer deutlicher, daß wir die bessere Kondition haben. Wir befreien uns aus der erlahmenden Umklammerung und diktieren selbst das Geschehen.« Eugen hielt es nicht mehr in der Blechhütte. Auch er trat hinaus. Sie standen auf gleicher Höhe. Nur ich blieb im Innern.

»Wir haben ein Alkoholproblem. Das Bier ist aus«, sagte ich schüchtern. »Ich fahr nochmals in die Stadt.«

Ich sah mich nicht nach den beiden um. Wahrscheinlich lief das Wasser von ihnen ab wie von meiner Windschutzscheibe. Ich kuppelte ein, gab Zwischengas, kuppelte aus, legte den zweiten Gang ein, kuppelte ein und fuhr bei offener Schranke hinaus. Zwei Straßen weiter setzte in meinem Kopf jäh und unvermittelt die Nationalhymne ein, unter der schwarzrotgoldenen Fahne sah ich sie stehen, Hand in Hand, jetzt mußte nur noch einer Fritz Walter auf Schultern über die Kreuzung tragen.

Der nächste Tag sollte der Tag unserer Abreise sein. Obwohl das Zelt noch naß war, hatte Eugen es unter der Kühlerhaube des Standard verpackt. Ich saß auf der von unseren Luftmatratzen plattgedrückten Wiese und studierte die Karte. Das Wetter, das uns gestern vormittag noch dem Süden in die Arme getrieben hatte, schmeichelte sich heute bei uns ein. Der Himmel war wieder blau und wolkenlos. Wenn ich dann und wann von der Karte aufschaute, verlor sich mein Blick, um mit Eugen zu reden, am Horizont und fand keinen Halt. So wie Zeltwart Konrad Moser nachts bei heruntergelassener Schranke seine Runde drehte, drehte Eugen, bevor wir aufbrachen, noch einmal eine Runde.

Eine junge Familie kam auf ihrem Weg zu den Duschen an mir vorbei. Das Mädchen an der Hand der dunkelhaarigen Frau löste sich von ihrer Mutter und lief zu mir her. Es sah zwar nicht zu mir auf, um ein Autogramm zu erbitten. Dafür beugte es sich zu mir herab und rieb seine Wange an meiner, als es mit mir in den Plan sah, so als suchten wir gemeinsam nach einer Straße. Der Mutter war es peinlich, daß ihre Tochter auf mich, einen Fremden, der auf einer Wiese saß, einfach zuging. Daß sich das Kind nicht vor mir gefürchtet hatte, verlieh mir für Augenblicke ein überlegenes Glücksgefühl. Ohne mein Zutun hatte es Vertrauen zu mir gefaßt und sich von seiner Familie entfernt. Die Frau bückte sich zu mir herab und flüsterte eine Entschuldigung. Ich schaute auf: In der Achselhöhle des Arms, den sie nach dem Kind streckte, glänzte schwarz und naß ihr Haar; aus dem Oberteil ihres Badeanzugs drängten sich ihre Brüste. Ihr Körpergeruch war mir angenehm. Diese Unbekannte war für mich Frau und Mutter zugleich. Ein Begehren empfand ich, das mich verwirrte, denn auch das Kind war darin eingeschlossen: Ich stellte mir vor, daß diese Mutter mit mir gemeinsam ihr Kind zu Bett brachte. Nachdem sie die Kinderzimmertür geschlossen hatte, schloß sie hinter uns beiden eine weitere Tür.

Der Mann stand noch immer genau dort, wo sich die Frau von ihm getrennt hatte. Er hatte eine wollene Badehose an mit zwei weißen Streifen an der Seite und einem weißen Plastikgürtel. Er war schlank, doch nicht muskulös. Unter dem festgezurrten Gürtel bildeten sich Wülste im Gestrick. Er war ein paar Jahre älter als ich. Er sagte nichts. Nichts war ihm anzusehen. Er war der Vater. Und er war der Mann dieser Fremden, die sich zu mir herabgebeugt und sich dabei entblößt hatte. Ich war Eugens Freund und Fahrer. Ich faltete die Karte zusammen und schämte mich.

Ich dachte über das Leben nach, das Eugen und ich führten. Jeder Weg, jede Straße hat irgendwo ein Ziel, jeder Fluß strebt dem Meer zu und beendet dort sein Spiel, hieß es in einem Schlager, den ich aus der Musikbox herausholte, wenn wir zwischen Samstagnacht und Sonntagmorgen irgendwann im »Café Wien« landeten. Solche Schlager wurden in gebrochenem Deutsch gesungen. Wer mit Schlagern Geld machen wollte, durfte der deutschen Sprache nicht mächtig sein. Überhaupt sollte der Zuhörer nichts beim Wort nehmen. Sang ein Ivo Robic von »umarmen« und »küssen«, zielte er meistens auf eine noch intimere körperliche Berührung ab. Aber worauf, fragte ich mich, zielten Eugen und ich ab? Wo endete unser Spiel?

Ich legte die Italienstraßenkarte gerade ins Gepäcknetz, als sich Eugen näherte. Mit einem Strauß Blumen in der Hand winkte er mir zu. Er machte riesige Schritte, als würde er einem Wesen hinterhereilen, für das die Blumen bestimmt waren. Nein, dieses ausgreifende Stolpern war nicht der planmäßige Abschluß seines Rundgangs, der beim Volkswagen Standard seinen Anfang genommen hatte. »Schenkt man sich Rosen in Tirol«, sang er und hielt Astern hoch, »weißt du, was das bedeuten soll?« fragte er singend. »Man schenkt sich Rosen nicht hallein«, das H erinnerte mich sofort an die Halle, die Turnhalle in Rosenheim, und seinen Auftritt, »man gibt sich selber miiit auch drein.« Das I war langgezogen und hing in der Mitte durch.

»Michael, lach' nicht! Aber weißt du, wer hier ist? Du kannst es nicht erraten.«

»Du wirst es mir verraten.«

»Corinna de Paris.« Er legte eine Pause ein, musterte mich neugierig wohlwollend, um zu registrieren, daß ich Wirkung zeigte. Das tat ich. Aber nicht ihm zuliebe. Diese Frau war mir teuer gekommen.

Corinna stand in einer Reihe von Striptease-Tänzerinnen, die ihre Herkunft mit dem Zusatz »de Paris« veredelten. Sie traten für ein paar Monate in einem Lokal wie zum Beispiel unserem Beethoven auf. Nacht für Nacht entledigten sie sich der wenigen Kleidungsstücke, die sie am Körper trugen, und vollführten dabei akrobatische Verbiegungen ihrer Gliedmaßen. Bodenübungen wie die Brücke, der Liegestütz oder der Reitsitz waren in das Programm mit eingebaut, begleitet von einer Musik, die, hinter einem Vorhang versteckt, vom Tonband lief. Eugen war ein Liebhaber des Spagats. Ein Umstand, dem vielleicht »Corinna de Paris« Eugens Zuneigung verdankte. Kein Zweifel, er begehrte sie nicht nur, er verehrte sie.

Ja, er hatte sie buchstäblich auf Händen getragen, von der Tanzfläche bis in die hinterste Reihe der Tische. Dies waren bevorzugte Aussichtsplätze, die, angehoben auf einem Podium, einen ungetrübten Blick über die Köpfe der tiefer sitzenden Besucher garantierten. Zum Leidwesen dieser Hintermänner erhoben sich allerdings an bestimmten Stellen des Tanzes die vor ihnen sitzenden Männer, um einen genauen Einblick in das Geschehen auf dem Perserteppich oder der Leopardenfellimitation zu haben. Der Höhepunkt stand dann unmittelbar bevor. Nur seinetwegen hatten sich die Männer die Nacht um die Ohren geschlagen. Die Musik steigerte sich jetzt bis zum Überschlag oder sie nahm sich gänzlich zurück.

In jedem Fall saß ein Großteil der Gäste nicht mehr vor »Corinna de Paris«, die angestrahlt von einem Zusatzscheinwerfer blind in ihr Publikum sah. Im Stehen verfolgten die Zuschauer die Tänzerin auf Schritt und Tritt. Der Ernst, der von den Männern jetzt ausging, zeigte, wie sehr sie litten: Die unbekleidete Wahlfranzösin war zwar zum Greifen nah, doch nähern durfte man sich ihr nur in seiner Phantasie.

Vom höchsten Aussichtsplatz des »Beethoven« auf die Bühne und wieder zurück hatte Eugen sie in dieser Nacht getragen. Dies war im »Beethoven« nur besonders spendablen Gästen gestattet. Ein kostspieliger Transport, den ich nicht in Auftrag gegeben hatte, doch am Ende bezahlte. Ich saß in der dritten Reihe von unten. Als Eugen sie an mir vorbeitrug, strampelte sie mit ihren Beinen über meinem Bier. Sekunden später knallte in meinem Rücken der Sektkorken. Was ich zu diesem Zeitpunkt noch nicht wußte: Der Wirt hatte die Rechnung ohne Eugen gemacht – aber mit mir.

Als es am frühen Morgen ans Zahlen ging, schüttelte Eugen stumm den Kopf. Ich stand dabei. Was ich in der Geldbörse hatte, reichte nicht. Ich bezahlte mit dem guten Namen meines alten Herrn. Allerdings nicht sogleich.

»Für was brauchst du soviel?« fragte mich mein Vater.
»Ich habe eine Rechnung zu begleichen«, wich ich aus.
»An wen?«

Ich redete nicht lang um den heißen Brei herum: »Ans Beethoven.«

Er lächelte anerkennend bis genüßlich und legte noch einen Hunderter drauf. Ich war schuldlos in seiner Achtung gestiegen.

»Sie hat sich nicht verändert«, schwärmte Eugen.
»Woher hast du die Blumen?«
»Von Konrad. Dort drüben.« Er deutete mit den Astern auf den Vorgarten, gegenüber dem Zeltplatz.
»Wir halten uns nicht auf! Du hast mich verstanden?«
»Sie haben ihr Zelt gleich neben Konrad aufgeschlagen. Ich steig' nur kurz aus und überreiche ihr die Blumen.«

Ich hielt Abstand zu ihrem Zelt. Eine Einladung konnte mich auch bei heruntergekurbelter Scheibe nur schreiend erreichen. Die Frau hantierte an einem Wasserkessel, dessen Deckel sich verkeilt hatte. Der Mann, der neben ihr stand, hatte eine Luftmatratze unterm Arm, aus der gerade die Luft entwich. Er fingerte verärgert an dem Ventil. Beide trugen Badekleidung. Meinem Geschmack nach befand er sich in einem Alter, in dem man sich nicht unbedingt öffentlich in Badekleidung zeigt. Eugen schritt auf Corinna zu. Die Astern vor seiner Brust wie eine Fahnenstange. Es gab keine Probleme beim Wiedererkennen. »Corinna de Paris« stellte den Kessel am Boden ab und nahm Eugen die Blumen aus der Hand. Sie neigte den Kopf und blickte entzückt auf die Astern und dann auf Eugen. Jetzt brauchte sie nur noch zu sagen: »Bitte, legen Sie ab!« und ich hätte mich in das »1 x 1 des guten Tons« versetzt gefühlt. Auch der Herr schien von Eugens Besuch nicht überrascht. Er ließ die Luftmatratze aus seinem Arm ins Gras gleiten und trat an den Gast heran. Das Gummiteil ließ pfeifend Luft aus sich fahren und schrumpfte dabei.

Plötzlich entdeckten sie mich. Eugen mußte mich verraten haben, denn sie reckten gleichzeitig die Köpfe nach mir. Ich starrte auf den Geschwindigkeitsmesser. Doch aus dem Augenwinkel nahm ich wahr, wie sie zu dritt Richtung Standard winkten. Sich ihnen am Zelt zu stellen, erschien ratsamer, als sie an den VW heranzulassen, von dem sie sich vielleicht so schnell nicht mehr entfernten.

Eugen stellte mich vor. Zwischen zwei Engagements hatten Corinna und ihr Manager in Rosenheim ihr Zelt aufgeschlagen. Im Abstand einer Luftmatratze stand ich zu ihr und wünschte mir, ich wäre blind. Ihren Künstlernamen auf diesem Zeltplatz laut auszusprechen, hätte ich nicht über mich gebracht. Mitleidlos war das Mittagslicht wie ein Verfolgungsscheinwerfer auf sie gerichtet. An Aufenthalt in freier Luft schien sie nicht gewöhnt: Ihre Hautfarbe ähnelte der Eugens vor seiner »Tamlo«-Behandlung.

Künstlerin und Manager gaben ein manierliches Paar ab, vor ihrem Zelt, das mich gekonnt in eine Konversation einbezog.

»Ein lohnendes Ziel, das Meer«, sagte sie.

»Man muß es gesehen haben«, sagte er, »wie alles Selbstverständliche.«

»Zum Beispiel den Himmel.« Der Satz kam von Eugen. Er lächelte sein dünnes Lächeln und deutete nach oben, wo die Augustsonne steil auf uns herunterschien.

Der Begleiter von »Corinna de Paris« war groß gewachsen. Er war an seinem ganzen langen Körper schlank, nur nicht am Bauch. Die dünnen Beine und der dicke Bauch prangerten sich gegenseitig an. Er trug eine dunkelblaue Dreiecksbadehose wie Kürrens Schwimmer von »Weißblau«. Tief unter seinem Nabel saß sie, so daß sie den Bauch nicht beengte. Aus einem Taschentuch schien das kleine Bekleidungsstück geschneidert. Es war seitlich weit ausgeschnitten, so daß sich ein gleichschenkeliges Dreieck ergab. Was darin eingezwängt war, kam unnatürlich groß zur Geltung und wirkte repekteinflößend. Unsere »Weißblau«-Atlethen wissen um diese Wirkung, wenn sie, bevor der Startschuß fällt, nervös von einem Bein aufs andere treten und sich dabei im Schritt fassen, als griffen sie nach ihrem Maskottchen. Ich stellte mir den Manager vor, wie er vorsichtig in ein immer tiefer werdendes Wasser stakste, bis es schließlich das stumpfe blaue Dreieck erfaßte. In Sekundenschnelle bekam der Fetzen Stoff Glanz, die Zweiteiligkeit des Verpackungsinhalts bildete sich in einer Deutlichkeit ab wie auf einer Schautafel für Biologie.

Als wir endlich abfuhren, stand das Mädchen, das Eugen um ein Autogramm gebeten hatte, mit seiner Mutter bei der Schranke. Als Eugen langsam an ihnen vorbeiglitt, winkten sie ihm zu. Sicher standen sie zufällig da. Doch die Zufälle häuften sich. Und es fiel mir schwer, an sie zu glauben.

Die Straße rollte sich vor uns aus. Der Standard war ein gefräßiges Etwas, das Meter für Meter Asphalt verschlang. Ich nahm in Gedanken die Sinnfrage wieder auf, die sich mir gestellt hatte, als ich dem Kind nachgeschaut hatte, wie es wieder an der Hand seiner Mutter ging und die beiden zum Vater aufschlossen.

Überall, wo ich auftauchte, hatte das Leben Fallen für mich aufgestellt, und ich tappte zuverlässig in sie hinein. Ich wurde das Bild nicht los, daß diese Striptease-Tänzerin vor dem Zweimann-Zelt abgegeben hatte. Und ich wurde das Bild nicht los, das ich vor weniger als einem halben Jahr abgegeben hatte. Den Namen dieser Tänzerin hatte ich in mein Kissen gesprochen. Und es hatte eine Weile gedauert, bevor ich eingeschlafen war.

VII

Wir hatten ein Ziel. Italien. Das Meer. Noch hatten wir es nicht vor Augen. Auf Eugens Zielstrebigkeit wollte ich mich nicht verlassen. Das Leben beschäftigte Fallensteller. Eugen war einer von ihnen. Freilich war er nur Werkzeug, blinder Erfüllungsgehilfe eines Schicksals, von dem ich nicht wußte, was es mit mir vorhatte.

Daß er nicht Italienisch sprach und somit Rosenheim-Einlagen in Italien von vornherein nicht an den Mann zu bringen waren, durfte mich nicht in Sicherheit wiegen. Machte er sich im Süden ohne mich auf die Socken, sollte er meinetwegen Makkaroni statt Spaghetti essen, daran ginge er nicht zugrunde. In einer »Italienhilfe« hatte ich zwar unter »Allgemeines« gelesen, daß für Fremde viel Verständnis bestünde. Man würde deren Eigenarten hinnehmen, ohne sie allerdings immer als vorbildlich zu empfinden. Man selbst wäre sich seines Wertes, ohne falsche Einschätzung nach »oben oder unten«, bewußt. In vielerlei Hinsicht seien die Sitten aber anders als in Bayern oder am Rhein. Diese bewußte Hervorhebung unseres Landes machte mich stutzig. Ich war beim Weiterlesen im »Allgemeinen« hellwach. Von einem gesamtitalienischen Stil, sich zu kleiden, war weiterhin die Rede. Merkwürdig würde den Fremden aus dem Norden immer wieder eine typische italienische Leidenschaft berühren: die Leidenschaft zu stehen. Deshalb würde man Sitzgelegenheiten vermissen. Das war keine ungünstige Ausgangssituation. Eugen war es nicht gewohnt, im Stehen zu trinken. Die Nachwirkungen dessen aber, was er sitzend und unter Ausschluß der Öffentlichkeit etwa im Zelt konsumierte, blieben auf ihn selbst, meine Person und unsere Behausung beschränkt.

Er sah es mir an, daß ich mich nicht nur mit dem Straßenverlauf beschäftigte. »Bitte, lach' nicht! Aber ich spüre, daß dich etwas bedrückt.«

»Ich mach mir um die vielen B's in spaghetti, pizza, prego, pagare Sorgen«, lachte ich.

»Du gibst doch die Be... Bestellungen auf!«

Und begleichst am Ende auch die Rechnung, dachte ich. In seinem Gesicht waren orange Stellen wie geheimnisvolle Inseln aufgetaucht. An ihren Rändern hatten sich dunkle Konturen gebildet. Ich machte ihn darauf aufmerksam.

»Ach was, schau lieber nach oben. Ein Wort wie azzurro reißt dir den Himmel auf!« sagte er.

»Im Süden beschäftigt man sich nicht mit der Vergangenheit«, ich spielte auf seinen stets rückwärts orientierten Sinn an, »man findet sich mit dem, wie es ist, ab und freut sich, daß der Himmel auch morgen azzurro sein wird.«

Aber er fiel nicht auf mich herein.

»Die haben ihren Mussolini«, sagte er.

Ich gab ihm keine Antwort. Ein Schweigen baute sich zwischen ihm und mir auf. Ein Schweigen, das sich nach und nach mit Wörtern füllte, die wir nicht aussprechen mußten, die jeder von uns dachte. Wir lieferten uns ein nonverbales Duell. Ich war mir nicht sicher, wer dieses Mal die Oberhand behielt.

Hunger meldete sich bei mir. Wir hatten, wie so oft, das Essen vernachlässigt.

Kürren war bekannt für seine »Ostermann-Kürrener«, worunter Knackwürste zu verstehen waren, die neben Dom, Steinerner Brücke und Römermauer der Stolz unserer Stadt waren. Der alte Ostermann war ein Freund und Weggefährte meines alten Herrn. Über ihren gemeinsamen Weg wußte ich nicht viel und ich hatte auch keine Lust, ihn zurückzuverfolgen. Daß sich die beiden zu einem gemeinsamen Aufruf in den Mittelbayerischen Nachrichten wieder zusammengefunden hatten, um dem Reichsadler, der jetzt Bundesadler hieß, jenen »Platz zu sichern, der ihm gebührt«, eröffnete aber ein nicht allzuweites Feld der Spekulation. Sechs Dosen »Echte-Ostermann-Kürrener« führte ich mit im Gepäck. Auf dem Etikett reichten sich fünf »Ostermänner« in einem Wurstring quasi die Hände. Die fünf waren so prall, daß ihre Wursthaut zu platzen drohte. Sie gingen mir schon seit einigen Kilometern im Kopf herum. Auf dem Etikett kreisten sie ein Senftöpfchen ein, dessen runder Hut von einem Löffelchen, das im Senf eingetaucht war, angehoben wurde. Aus der Öffnung, die sich zwischen Topfrand und Deckel ergab, quoll senfgelb und gekörnt »Echter Wiesenmeier«, der in Abkehr von der üblichen scharf-säuerlichen Geschmacksprononcierung seiner Konkurrenten bewußt einen süßen Weg einschlug.

Ich hielt an einem See. Ein verlassenes Wasser, das von keinen Badegästen heimgesucht wurde. Zu dicht wuchsen an seinen Ufern Rispengräser, Binsen und Rohrkolben.

Wir sahen zu den »Ostermann«-Dosen auf, die ich auf dem runden Buckel des VW aufgereiht hatte. Der Dosenöffner war, fiel mir beim Anblick unseres Wurstimperiums ein, daheim in Kürren geblieben. Ich rückte mit verschiedenen Geräten aus der Werkzeugtasche des Volkswagens den Büchsen zu Leibe, ohne Erfolg. Eugen verlangte die »Bei... Beißzange«. Seine Hände gingen erfolgreicher damit um als sein Mund. Ich aß eine echte »Ostermann«. Dann verging mir der Appetit. Ich schaute zu, wie ein dikker Knacker nach dem anderen in dem schmalen Mund Eugens verschwand.

Die Beißzange hatte er achtlos fallen lassen. Sie lag jetzt im Gras. In gleicher Entfernung zu ihm und zu mir.

In der Volksschule hatten wir uns mit Aufsätzen zu plagen, die den Weg von ein Paar Schuhen oder eines Geldstücks zu beschreiben hatten, von der Geburt bis zur Mülltonne bzw. zur Inflation. Ich war ein Meister solcher Lebensläufe. Meine Aufsätze waren ihrem Wesen nach Abenteueraufsätze, die meinen Lehrer und meine Mitschüler gleichermaßen begeisterten. Meine Helden bewährten sich als Glücksritter und Draufgänger. Sie ließen sich ihr Einsatzgebiet nicht von den Funktionen vorschreiben, die Produzent und Verbraucher ihnen zugewiesen hatten.

Ich sah auf die lieblos in die Wiese geworfene Beißzange. Ich konnte sie nicht anschauen, ohne daran denken zu müssen, daß ich sie im Februar dieses Jahres außerhalb ihres bestimmungsgemäßen Gebrauchs eingesetzt hatte. Nicht in einem Schulaufsatz, sondern in einer anderen Geschichte, die mit dem Fußballsieg über die Magyaren vor vier Jahren, mit Eugen und mit einer Ungarin zu tun hatte, die letztes Jahr, ein Jahr nach dem Volksaufstand, mit ihrem Mann in Kürren aufgetaucht war.

Nach der Niederschlagung des Aufstands sah man in Deutschland nicht nur in Imre Hernadi, sondern in jedem anderen ungarischen Fussballer einen gewinnbringenden Importartikel. Hauptsache, der Spieler war in der Lage, einen Ball aus einer Entfernung von elf Metern im Tor unterzubringen. Nach den ersten Punktspielen hatte es tatsächlich den Anschein, als wäre Imre Hernadi ein profitabler Einkauf für den SSV Kürren. »Den Elfer, den er gleich verwandelt, hab' ich finanziert!« protzte mein Vater auf der Tribüne. Er hatte dem SSV bei Hernadis Wechsel nach Deutschland unter die Arme gegriffen. Was mich wunderte. Denn von Fussball verstand er nichts. Doch er legte instinktiv sein Geld immer goldrichtig an. Bis zur Rückrunde wurde in den Mittelbayerischen Nachrichten und beim Friseur der Name Hernadi nur im Zusammenhang mit Kaltenbrach genannt. Imre Hernadi und Maximilian Kaltenbrach stürmten nicht nur gegen den FC Strassling, sondern gegen die Rote Armee… Hernadi-Kaltenbrach, hörte ich es raunen im Stadionrund. Ich fühlte mich als legitimer Sohn eines Freiheitskämpfers.

Imre war mit einer jungen Frau nach Kürren gekommen. Hatte er am Samstagnachmittag für den SSV seine Arbeit verrichtet, schien er eigene Wege zu gehen. Im Waldbräu, ja, spät nachts im »Beethoven«, kreuzte er nicht selten die Wege von Eugen und mir. Nie war er in Begleitung seiner attraktiven Frau. Die war im »Pußta« anzutreffen. Immer öfter verspürte Eugen jetzt einen Heisshunger auf scharfe Gulaschsuppe oder feurigen Bohneneintopf, wenn es nach dem Waldbräu oder gar noch nach dem »Beethoven« galt, das viele »Blendinger«, das im Magen schwappte, einzubinden. Und immer öfter saß Möt, wie sie bei Eugen hieß, allein an einem Nebentisch. Manchmal setzte sich der Ober, der auch ein Ungar war, zu ihr. Dann hatte ich das Gefühl, Möt würde sich noch weiter von den übrigen Tischen entfernen. An Kürrens Peripherie abgedrängt saßen die beiden Ungarn, heimatlos, der Landessprache nicht mächtig. Je öfter Imre Hernadi auf der Reservebank saß, um so öfter saß Möt zu vorgerückter Stunde im »Pußta«. Ich spürte förmlich, wie Eugen, der alles über das Tiefland wußte, aus dem sie kam, mitleidend in die Tiefe ihres Seelenlebens eindrang. Er ließ sie nicht aus den Augen, wenn er sich löffelweise Paprikabohnen zuführte, ein scharfer Genuß, den er zwischendurch mit einem Schluck Bier ablöschte. Selten kam es vor, daß ein deutscher Gast bei ihr Platz nahm. Aus der Tiefe des Tieflands strömte nach einer Weile ihre Stimme zu uns herüber: Offene Ö und dunkle U, die in einen Tunnel hineinfuhren, aus dem es kein Herauskommen mehr gab. Ein breites Lachen, bei dem Möt sich in den Stuhl zurückwarf; animalisch und voller Zischlaute war es, wie aus einem Mund voller Speichel. Ein üppiger Mund. Mit einem dunkleren Lippenstift als der unserer Kürrenerinnen war er geschminkt. Ich sah es Eugen an, wie er auf einem dieser dunklen U in einen dunklen Tunnel hineinfuhr. Und auch dem einen oder anderen Gast war anzusehen, daß er nicht nur im »Pußta« saß, um hier scharf zu essen.

Zigeuner gingen im »Pußta« von Tisch zu Tisch und geigten den Gästen wild auf. Ich starrte in die Speisekarte und hob mein Gesicht erst wieder an, als die Musik aus der sicheren Entfernung des Nachbartisches zu vernehmen war. Nichts deutete in den ersten Wochen darauf hin, daß Eugen seinen Einmarsch in das Tiefland planmäßig vorbereitete. Obwohl vor Weihnachten vom Tanzkurs der Tanzschule Bär als »tanzuntüchtig« ausgeschlossen, verbrüderte er sich hinter meinem Rücken mit dem kleinen Tanzbär, wie wir den nur einen Meter dreiundsechzig grossen, molligen Tanzlehrer nannten, um sich als Csardas-Tänzer an Möt Hernadi heranzumachen.

Am letzten Januarsamstagabend saß Möt wie immer an ihrem Tisch. An unserem schluchzten die Geigen der Zigeuner. Ich streifte mit flacher Hand die feuchte Außenwand meines Bierglases ab und zählte die Kugelschreiberstriche auf dem Bierfilz. Eine ungarische Weise war gerade an unserem Tisch verklungen, doch die beiden Musikanten entfernten sich nicht. Die Geigen anmutig in die Armbeuge geklemmt, beugten sie sich zu Eugen hinab und tuschelten mit ihm. Obwohl die Tische zwischen uns und Möt von den Zigeunern noch nicht heimgesucht worden waren, tänzelten die beiden mit ihren Instrumenten daran vorbei. Langsam näherten sie sich Frau Hernadis abgelegenem Tisch. Sie schindeten Zeit für Eugen. Die Eugen nutzte, um eine Bestellung aufzugeben. Mit einem Fingerzeig an den Ober bestimmte er den Empfangsort für zwei Schnäpse, die Augenblicke später schon auf dem Tisch der Hernadi standen. Die zwei kurzen, etwas derben Gläschen trugen eine Art Baströckchen in den ungarischen Landesfarben.

Die Zigeuner waren nun an Hernadis Tisch angekommen. Sie zückten ihre Geigen und drehten sich nach Eugen um. Der näherte sich mit entschlossenem Schritt. Er verbeugte sich vor Möt, reichte ihr die Hand und zog sie vom Stuhl hoch. Mit der Routine eines Kellners nahm er die zwei Schnapsgläser vom Tisch auf. Sie wirkten zierlich in seinen großen Händen. Ein Vorspiel, das wie abgesprochen wirkte. Hatten die beiden Musiker Möt eingeweiht? Sie drehte galant ihr Glas zwischen den Fingern und sah dem Spiel ihrer Hände zu. Als sie schließlich zu Eugen aufblickte, sah es aus, als würde sie gegen schwere Lider ankämpfen: Schläfrig, sündig, ein niedergehaltenes Feuer, das im nächsten Moment schon auf Eugen übergreifen konnte. Die Gäste ruckten ihre Stühle, damit ihnen nichts entging. Die Ungarin und Eugen kippten den Schnaps in einem Zug. Mir fiel auf, daß sie Eugen dabei nicht aus den Augen ließ. Ähnelten ihre Augen bis dahin einer schläfrigen Katze, so weiteten sie sich plötzlich, als sie sah, wie Eugen reagierte. Sein Körper streckte sich, als könnte er in höhere Regionen zum Atmen vorstoßen. Dabei bewegte er federnd seinen Kopf nach hinten und schnappte mit aufgerissenem Mund nach Luft. Er versuchte vergeblich, sich für diese körperliche Ausfallerscheinung bei Hernadi zu entschuldigen. Auch sie warf den Kopf zurück und brach zugleich in ein wildes Lachen aus. An das mit Peperoni angereicherte Getränk war sie gewöhnt, aber nicht Eugen. Sie lachte unbeherrscht, ja, triumphierend, und griff sich mit beiden Händen ins Haar, jäh und entfesselt, als würde ein Fremder gewaltsam Hand an sie legen. Ihr Haar war in einer hohen Welle nach hinten gekämmt. Von einer grauen Strähne über der Stirn war es durchzogen. Eine einzige Strähne, die sie nicht älter machte. Aber ein Wissen um Dinge, die Eugen und ich noch nicht erfahren hatten, drückte sich in diesem Haarbüschel aus.

Sie war es, die der Musik ein Zeichen gab. Ruhig und getragen leiteten die zwei Zigeuner den Csardas ein. Im Tanzschritt entfernte sich Möt von ihrem Tisch und nahm Eugen beiläufig mit, der jetzt in kurzen heftigen Stößen schnaufte. Allmählich bekam er wieder Luft und nahm den Rhythmus auf, den sie vorgab. Die Musik trieb sie an, immer schneller zu tanzen. Sie schmiegten sich aneinander ohne sich anzusehen. Und gingen wieder auseinander, um frei zu sein für ihre Figuren.

Ich war sauer auf ihn. Denn diese Figuren waren ihm nicht zugeflogen. Der kleine Bär steckte dahinter. Daß er ihn als »tanzuntüchtig« des Parketts verwiesen hatte, das durfte ich noch wissen. Daß er sich aber wieder in das Revier des Tanzbären eingeschlichen hatte, hatte er mir verschwiegen. Dabei war ich es, der ihm nächtelang Gesellschaft geleistet hatte bei Paprikabohnen und anderen feurigen »Pußta«-Genüssen.

Ich avancierte in dieser Nacht zum Chauffeur.

Irgendwann saßen wir zu dritt im Standard. Ich am Steuer. Daß unsere Fahrt kein Ziel hatte, war für Eugen und mich nichts Neues. Er hatte es sich auf der Rücksitzbank bequem gemacht. Sie unterhielten sich leise miteinander. Hernadi sprach kaum Deutsch. Und diese wenigen deutschen Wörter kreisten ausgerechnet um den Fußball. Dabei hatte sie wegen ihres Mannes, der in Deutschland Fußball spielte, ihre Heimat verlassen müssen. Im Radio spielten sie eine Musik, die zu allem paßte, was Eugen hinter meinem Rücken mit ihr vorhaben mochte. Ich wollte sie den beiden als »Hintergrundmusik« servieren und stellte sie deshalb leise.

Draußen, auf den Straßen von Kürren, war es schneidend kalt. Doch nach der ersten Durchquerung unserer Stadt bewahrheitete sich, was die Betriebsanleitung, die ich als Führerscheinneuling aus dem FF beherrschte, versprach: Wir fuhren wohltemperiert und vor den Unbilden der Witterung geschützt, und ein warmer Luftstrom hielt die Scheibe des Volkswagens in meinem Blickfeld von Eis und Feuchtigkeit frei. Auf das Verhalten meiner rückwärtigen Passagiere hatte ich keinen Einfluß. Nicht nur in Kurven rückten sie mit ihren Köpfen bald immer näher zusammen, so daß sie die Heckscheibe verdeckten. Doch entscheidend war, daß sie mir die darunter liegenden Kühlluftschlitze nicht abdecken konnten. Damit wäre nämlich weder mir, dem Fahrer, noch dem Motor gedient gewesen. Ich beobachtete diskret, wie sich im Fond des Wagens die Beziehung der beiden entwickelte. Meine Anwesenheit war nicht nur entbehrlich. Sie wurde zwar nicht von meinen Fahrgästen, aber von mir selbst als störend empfunden. Und da weder Motor noch Lenkung selbsttätig arbeiteten, fuhr ich einen unserer Ruhepunkte an.

Unter der Donaubrücke stieg ich aus. Ich stellte den Motor nicht aus, sondern ließ ihn im Leerlauf weiterlaufen. In der guten Stube, die ich, so warm es nur ging, aufgeheizt hatte, wollte ich die beiden einige Zeit sich selbst überlassen. Auch der Musik überließ ich sie. Sie lief weiter in Zimmerlautstärke. Als Bleibwachmusik und nicht als Einschlafhilfe dachte ich sie mir.

Ich ging vom Standard weg. Ich wollte nicht mit meinen Ohren Zeuge sein. In einer natürlichen Vertiefung am Ufer glänzte gefrorenes Wasser. Ein Eisstock stand herum, nach dem ich mich bückte. Donauabwärts sah ich, wie über die andere Donaubrücke dann und wann ein Auto fuhr. Die Fahrbahn mußte vereist sein. Denn ganz langsam und sacht schoben die Wagen ihr Scheinwerferlicht über die Nibelungen-, alias »Adolf-Hitler-Brücke«. Ich wußte nicht, wer hinter dem Steuer saß, doch allein deshalb, weil ein paar Leute so vernünftig waren, ihr Auto nicht zu Schrott zu fahren, fühlte ich mich irgendwie glücklich! Die ganze Welt schien friedlich jetzt um halb vier. Trotzdem fing ich an, erbärmlich zu frieren. Wie vor dem Einschlafen wollte ich an etwas Positives denken. Mein Gedicht vom »fünftenfünftenfünfundfünfzig« war etwas Positives, wenigstens für Eugen und mich. Aber es paßte jetzt nicht. Ich wußte nicht, wohin mit meinen Fingern. Ich preßte meine Oberschenkel zusammen, steckte meine Hände dazwischen und versuchte, sie auf diese Weise zu wärmen. Wahrscheinlich sah ich aus wie ein Mädchen, das sich das Pinkeln verkniff. Niemand sah mich. Und ich sah niemanden. Aus dem Standard drang kein Laut. Nur aus dem Auspuffrohr dampfte es. Die beiden da drinnen hatten ein warmes Zimmer, in dem Musik spielte. Ich stand im Freien und hörte auf die Geräusche über mir auf der Brücke. Wenn einer angerast kam, klang es, als würde sein Auto eine Mauer durchbrechen, eine Mauer aus Eis, durch die er krachend fuhr. Mit einem langgezogenen Heulen, das dünner wurde und abriß, verschwand er in der Nacht. Die gut durchbluteten Finger des Fahrers spielten am Drehknopf des Rundfunkempfängers, der ein warmes gelbes Licht verströmte, malte ich mir aus.

Die Beifahrertür ging auf. Ich erkannte es an der Innenbeleuchtung, die anging. Eugen stand im Hemd da. Das ihm aus der Hose hing. Etwas stimmte nicht. Noch war ich zu weit weg von ihm, um es ihm anzusehen. Doch ich spürte es. Ich habe im Lauf unserer Jahre ein Gespür für ihn entwickelt. Vor allem für seine Niederlagen.

Er war schweißnaß im Gesicht. Ich schaute an ihm vorbei. Die Innenbeleuchtung des Standard war wieder erloschen. Ich konnte nicht sehen, wo sie im Auto saß, was sie machte. Ich schaute an seinem Hemd hinab auf seine Hose. Sie war ausgebeult, unterm Gürtel. Noch immer? Oder schon wieder? Dafür hatte ich in keinem Fall Verständnis. Ich hatte lang genug im Freien gefroren.

»Der Reißverschluß klemmt!« keuchte er.

»Das haben wir gleich!« versprach ich.

Ich kniete nieder, um an dem Zipp zu zerren. Doch meine klammen Hände erwiesen sich als ein untaugliches Werkzeug.

»Die Bei... Bei... Zange!« forderte er.

Ich schlüpfte mit dem Oberkörper zwischen Vordersitz und Armaturenbrett und griff mit steifen Fingern nach dem Zugknopf für die Verriegelung der vorderen Haube. Zwar hatte sich bei dem kurzen Öffnen der Fahrertür die Innenbeleuchtung von selbst eingeschaltet, doch ich vermied es, nach hinten zu sehen.

Ich klappte die Vorderhaube auf, öffnete die Bänder der Werkzeugtasche, nahm die Beißzange heraus und machte mich an die Arbeit. Gleich beim allerersten Versuch bekam ich mit den Backen der Zange die Schlaufe zu fassen. Ich zog und zerrte, ohne Rücksicht auf Stoff und Krampen. Die Hose klaffte jetzt auseinander. Ich richtete mich auf und reckte meine Faust mit der Zange zum nächtlichen

Himmel. Eugen packte ich an der Schulter und gab ihm einen aufmunternden Stoss. Ich hatte den Weg für ihn frei gemacht. Weiteren Aufschub duldete ich nicht. Doch er bewegte sich nicht von der Stelle, stand da wie in den gefrorenen Boden verschraubt. Exakt dort, wo sich seine Hose noch vor Minuten ausgebeult hatte, hielt er jetzt seine Hände gefaltet.

Auf nichts war Verlass. Nur auf den Motor des VW, der ruhig und gleichmässig im Leerlauf lief. Auspuffgase stiegen weiter auf. Wie sich Möt fühlen mochte, im Innern des Wagens? Ich fühlte eine Wut in mir aufsteigen. Das, was ich hier gerade durchmachte, war eine von Eugens Inszenierungen. Die Rolle, die ich darin spielte, war nicht abgesprochen mit mir. Ich kam mir vor, wie eine seiner Stecknadeln, die er mit seinem Nikotinfinger in den Tapeziertisch drückte. In meinem Gefühlsgemisch aus Scham und Zorn war ich eine mit einem roten Köpfchen.

Ich fasste mir ein Herz und stieg in den Wagen. Durch den Türkontakt ging die Innenbeleuchtung an, und ich sah Möt Hernadi mit leicht angezogenen Knien im Fond sitzen. Ich wollte mit ihr reden. Deshalb schob ich schnell, bevor das Licht wieder ausging, den Schalter der Innenbeleuchtung auf »Ein«.

Ich sah ihr in die Augen. Mir fiel nichts ein. Ihre graue Haarsträhne trat jetzt stärker hervor. Wieder hatte sie die Augen halb geschlossen. Doch sie kämpfte nicht gegen schwere Lider an. Ich glaube, sie kämpfte gegen gar nichts an. Sie hatte sich bereits ergeben. Ihre Arme hielt sie überkreuzt vor der Brust, so dass ihre Finger die Schulterblätter berührten. Im Radio lief ein so einfältiges Lied, als wollte der Rundfunkmensch, der die Platte aufgelegt hatte, Möt

Hernadi verhöhnen. Mein Mitgefühl für sie war grenzenlos. Ich kniete auf dem Fahrersitz, hatte die Unterarme auf der Sitzlehne aufgestützt und schaute sie an. Alles in mir drängte danach, sie zu umarmen. Statt dessen zog ich meine Geldbörse aus der Gesäßtasche, fingerte einen 50-DM-Schein heraus und hielt ihn ihr hin. Sie machte sich noch kleiner, zog sich in sich zurück und starrte mich an. Sie fing an zu heulen. Tränen liefen ihr übers Gesicht.

Die Beißzange, die er ins Gras hatte fallen lassen, lag zwischen ihm und mir. Noch fünf »Ostermann«-Dosen reihten sich auf dem Dach der VW-Standardlimousine 1200. Ich sah zum Himmel. Azzurro, was immer das hieß, dieser deutsche Himmel hielt mit. Unsere Kürrener Knackwurstringe glänzten als neue Sternzeichen am Tagesfirmament. Ich hatte nur einen Knacker gegessen. Ohne »Wiesenmeier«-Senf, es hätte zur Not auch ein anderer sein dürfen, bekommt mir zerhacktes Fleisch in Därmen nicht. Vor allem nicht fettes, das sich im Brät versteckt, winzige Partikelchen, die sich im Magen wieder treffen und dort ihre Wirkung tun. Wie gesagt, das Leben stellte mir Fallen. Doch nicht auf alle fiel ich herein.

»Bitte, lach nicht! Aber ich könnte jetzt glatt noch eine Dose vertragen!«

»Tu dir keinen Zwang an!«

Ich deutete mit der Schuhspitze auf die Zange zwischen uns. Er holte eine weitere Dose vom Dach, nicht eine der beiden außenstehenden, nein, die dritte von links mußte es sein. Eugen ist ein Pedant, mit eigenem Willen, der sich einem nicht immer leicht offenbart.

Ich lag im Gras und schaute blinzelnd auf: Im Zwischenraum von dritter zu vierter Dose blinkte es azzurro, und ein paar Handbreit über den Konserven thronten weissgepudert die Berggipfel.

Friedlich und stumm sass Eugen mit seiner Dose in der Wiese. Zielgerichtet arbeitete er mit der Beisszange. Er schuf eine Öffnung im Deckel, durch die er Knackwurst nach Knackwurst aus dem Sud zog, wie Ertrinkende aus einem tiefen Wasser. Er hatte einen gesunden Appetit. Und ich ein schlechtes Gefühl, weil ich sah, dass er sich überfrass. Auch im See ging man tauchend und schwimmend auf Nahrungssuche. Es gluckste und blubberte. Gelegentlich schreckten mich Enten auf. Mit einem Geräusch, das dem hölzernen Knarren von Faschingsratschen glich, erhoben sie sich flügelschlagend überm See.

Das Meer war fest eingeplant. Spätestens für übermorgen. Velden am Wörthersee hiess unser nächstes Ziel.

Er war mit dem Essen fertig. Um sicherzugehen, dass die Konserve leer war, stellte er sie auf den Kopf. Ich gab ihm ein unmissverständliches Zeichen, dass unser Aufenthalt hier beendet war. Er stieg ein und begann, in all den Kleidungsstücken, Büchern und Karten zu wühlen, die sich im Fond zu einer bergigen Landschaft türmten. Und stieg wieder aus mit seinem Kofferradio.

Ich setzte mich ans Steuer und fuhr im Schrittempo an. Er blieb erschrocken stehen. Im Rückspiegel sah er aus wie ein langzeitbelichtetes Fotomotiv: Mann mit tragbarem Rundfunkempfänger vor Röhricht am See.

Er sass kleinlaut auf seinem Beifahrersitz. Ich machte mir Sorgen, denn zur vollen Stunde nahm er nicht einmal die Nachrichten mit. Ich versuchte, ihn in ein Frage-und-Antwort-Spiel zu verwickeln: Wie er die von Adenauer ins Gespräch gebrachte »Österreich-Lösung« fände. Seine Antwort bestand in einem einzigen »Hmm«. Das war weder Fisch noch Fleisch. Auf keinen Fall drückte es aus, daß er nicht informiert war. Es war ja erst ein paar Wochen her, daß der Bundeskanzler dem sowjetischen Botschafter die Neutralisierung der DDR vorgeschlagen hatte.

»Und uns macht er weis, er will die Wiedervereinigung.«

»Hmm.«

»Das ist noch weniger als Chruschtschows Zweistaatentheorie. Findest du nicht?«

»Hmm.«

»Chruschtschow will uns natürlich auf diese Tour die Souveränität der DDR aufs Auge drücken. Sehe ich das richtig?«

»Hmm.«

Nein, er gefiel mir ganz und gar nicht.

Wir fuhren schon ein paar Kilometer hinter einem Amischlitten her. Das Verdeck war offen. Der Innenraum des Autos war so geräumig, daß es aussah, als säße der Winzling von einem Fahrer in seinem Wohnzimmer. Wegen des offenen Verdecks trat das Hinterteil der Limousine noch ausladender hervor. In Kurven und bei Bodenwellen schwankte es wie ein Wüstenschiff. Bei »Hinterteil« fiel mir die Witwe des Oberst ein. Anlaß zu einem Themenwechsel, hin zu einem anschaulicheren Stoff, der Eugen vielleicht mehr interessierte.

»Ich male mir aus, Anita Kirschbaum, die von der Waffen-SS, und du, ihr beide allein in diesem fahrenden Doppelbett«, ich deutete mit dem Finger auf den amerikanischen Wagen.

»Hmm.«

»Ob ›nordisch‹ oder ›fälisch‹ – die Frau hat auf alle Fälle Gardemaße. Oder?«

Ich gab es auf. Ich konzentrierte mich statt dessen auf den Führerschein-Frischling vor mir. Welcher Papi hatte ihn in diesen Wagen gehoben? Er fuhr provozierend langsam. Ich überholte ihn und schaute ihn mir im Rückspiegel an. Er machte auf James Dean. Eine klägliche Vorstellung. Ihm fehlte alles, was James Dean zu James Dean macht. Er hatte den Kragen seines Blousons hochgeschlagen. Das ging noch in Ordnung. Ein glänzendes Teil, in Rot. Nicht leicht aufzutreiben, zugegeben. Die Zigarette, die er im Mund hatte, sollte an seinen Lippen kleben. Tatsächlich sah es aus, als würde er in den Filter beißen. Das Geheimnis James Dean erschließt sich nicht zuletzt über Jimmies Geheimratsecken. Jugend, Vergänglichkeit, der daraus resultierende Widerspruch, das ist das Spannungsfeld. »Der Tod auf der Piste ist der glorreichste, den es gibt«, soll er prophezeit haben. In dem Zurückweichen der Haare an den Schläfen kündigte sich bereits der Unfall an. Dem Unternehmersöhnchen im Rückspiegel aber wuchsen die Haare bis in die Stirn. Auch wenn er höchstens neunzehn war – nichts an ihm war wirklich jung; vor allem nicht jung und finster zugleich.

Ich unternahm keinen Versuch, Eugen in meine James-Dean-Überlegungen mit einzubeziehen. James Dean ist nicht sein Fall. Er paßt nicht in seinen »Führerbunker«. Man stelle sich vor: James Dean und die Waffen-SS. Oder James Dean fährt mit seinem Porsche über die »Adolf-Hitler-Brücke«.

Eigentlich ging mich der Kerl im Rückspiegel nichts an.

Er hatte sich diese rote Jacke beschafft und sich von seinem Vater den Wagen ausgeliehen. Vielleicht schwang auch Eifersucht mit in meiner Art, ihn abzukanzeln. Aber hatte nicht ich die tiefsitzenden schwimmenden Augen eines Außenseiters? War nicht mein Seelenzustand dunkel, wenn ich vom Standard aus die Eingangstür der Eisdiele »Le Grotte« nicht aus den Augen ließ?

Ich trat aufs Gaspedal und hängte ihn ab.

VIII

Eigentlich geht Eugen und mir der Gesprächsstoff nie aus. Nicht, daß wir fortwährend miteinander reden. Wir sitzen im Waldbräu und beobachten das Spätnachmittagslicht, wie es durch die holzgetäfelte Stube wandert; wir stehen unter der Nibelungenbrücke und lassen uns auf den Donauwellen gen Osten tragen oder wir schauen einfach durch die Windschutzscheibe ins Abendrot. Ein Satz klingt nach, den einer von uns beiden gesprochen hat. Meist geht es um die jüngere Geschichte, in der Eugen zu Hause ist. Nicht immer sind wir einer Meinung, aber immer schlägt ein letzter Satz eine Brücke zwischen uns beiden, auf der sich unsere Gedanken dann hin und her bewegen in einem wortlosen Zwiegespräch. Bis alles gesagt ist. Doch so war das Schweigen jetzt nicht.

In Österreich wurde mir klar, daß ich einen Kranken transportierte. Er hatte ein paar »Ostermann«-Würste zuviel hinuntergewürgt. Zu oft waren seine Finger in die Dose eingetaucht, um eine weitere »Ostermann« an Land zu ziehen. Ab und zu wölbte sich sein Bauch nach außen, und es hob seinen Oberkörper auf dem Beifahrersitz leicht an. Ein geräuschvoller Luftaustritt durch den Mund war von ihm nicht mehr zu unterdrücken. Dabei schaute er mit Unschuldsmiene geradeaus. Dieses Geräusch war so ein letzter Satz. Ein Satz, der eine Brücke baute, über die ich jetzt aber lieber nicht gehen wollte. Noch sprach ich das Thema nicht an. Es stellte sich uns sowieso. Es gab kein Zurück, nur ein Heraus. Ich dachte dabei an die Würste.

In Rechtskurven sah ich ihm ins Gesicht, das er vor unserer Abfahrt aus Kürren mit dem Bräunungsmittel behandelt hatte. Der Spruch, mit dem die Firma für ihr Produkt warb, fiel mir ein. »Oh, welche Wonne, Tamlo bräunt ohne Sonne!« In seinem Gesicht erinnerte nichts an Sonne. Die lächerliche Kriegsbemalung, die das Eincremen bewirkt hatte, erschwerte die Feststellung, wie es ihm ging. Vierzig Kilometer vor Velden übergab er sich auf dem Beifahrersitz. »Ausgerechnet in Österreich!« war das einzige, womit er sein Fehlverhalten kommentierte.

Ich nahm mir vor, den nächstbesten Zeltplatz anzufahren. »Ausgerechnet in Österreich!« blieb auch weiterhin das einzige mündliche Lebenszeichen. Er würgte noch einmal den Inhalt einer »Ostermann«-Dose heraus.

Endlich war ich fündig geworden. Dieses Mal stellte sich uns keine Schranke in den Weg. »Setz dich ins Gras!« forderte ich ihn auf. »Ich schaff' das auch ohne dich.«

Wieder einmal saß er im Gras. Nur die Konservendose und die Beißzange fehlten auf dem Bild, das er abgab. Ich hatte den Mund ziemlich voll genommen. Vor mir lag nämlich ein unbekanntes Stück Arbeit. Der Zeltmeister hieß Eugen. Aber auf ihn war kein Verlaß. In Rosenheim hatte er unter dem eingestürzten Teil des Zelts gelegen und jetzt kauerte er arbeitsunfähig am Boden. Ich breitete die Plane aus, legte das Gestänge daneben und schüttete die Heringe auf die Wiese.

Zwar schaute ich auf das, woraus ein Zelt besteht. Doch in Wirklichkeit war ich auf diesem Zeltplatz noch gar nicht angekommen. Ich mußte immer noch daran denken, wie ich auf der Fußmatte gekniet und mit meinem Taschentuch am Stoffbezug des Beifahrersitzes gerieben, wie ich im letzten Moment scharf abgebremst hatte, um die Kühlerhaube herumgesaust war und Eugen aus dem Standard gezerrt hatte.

Ich sah auch nicht gleich den Mann, der hinter Eugen stand. Er hatte ein Auge auf Eugen und mich geworfen, schon eine Weile.

»Das ist Ihrem Freund doch jenseits der Grenze widerfahren?« Er deutete geringschätzig nach Süden und sah dabei auf Eugen im Gras herab, der jetzt ausschaute wie der letzte Gegner von Bubi Scholz.

Ein hagerer Typ, um die sechzig, mittelgroß. In seinem Gesicht blitzten zwei Augen, die stechen konnten. Er hatte eine Lederhose an. Aber von anderer Qualität als Konrad Mosers Sepplhose. Ein weiches, blondes Braun, enggeschnitten an den Schenkeln, das die Kniescheiben zur Hälfte bedeckte. Ein rotweiß kariertes Hemd verlieh ihm ein frisches Aussehen. Bei genauem Hinsehen freilich war der Rentner unverkennbar. Auf dem Kopf hatte er einen moosfarbenen Trachtenhut, der nur leicht aufsaß, weil er ein paar Hutnummern zu klein ausgefallen war.

Kürrens »Alleedackel« stolzierte mit einer ähnlichen Maskerade durch den Dörnbergpark, den Fürstenpark, den Villapark und all die anderen Baumgänge. Auch er hatte einen drahtigen Schnurrbart und blitzende Augen, mit denen er nachts vor allem die Alleebänke ausleuchtete, damit es mit rechten Dingen zuging.

»Jenseits der Grenze …«, das spielte auf Italien an.

»Nein, an einem See, irgendwo zwischen Rosenheim und hier«, antwortete ich. »Er ist selber schuld. Aber wir sind unterwegs dorthin.«

»Sie haben nicht viel Erfahrung damit«, stellte er fest.

Ich schüttelte den Kopf. Ich wußte nicht, was er meinte. Er spitzte die Lippen und pfiff. Sein Oberlippenbart schrumpfte dabei auf Nasenlöcherbreite zusammen. Von seinem Schnauzer standen die Haare wie Borsten ab. Auf den Pfiff hin hielt eine Frau ihren Kopf aus der Luke eines kugelförmigen Wohnanhängers. Er hob seinen Arm theatralisch hoch und krümmte einige Male quasi im Befehlston den Zeigefinger, um schließlich mit gestrecktem Finger von oben nach unten auf Eugen zu picken: Das Einsatzgebiet war unmißverständlich beschrieben. Denn Sekunden später schon hatte sich die Wohnanhängerfrau, die ich mühelos als seine Ehefrau identifizierte, eingefunden. Sie war mollig, aber nicht dick. Sie trug ein Dirndl mit tiefem Dekolleté. Alles, was sie anhatte, bewegte sich auf der Skala rosa bis rot. Nicht nur die üppig über den weiten Rock verstreuten Rosen, die in verkleinerter Größe ihre weiße Bluse sprenkelten; auch was da im Ausschnitt aufblühte, war rosa gepudert, die Wangen rosa geschminkt. Die Vorbereitungen für einen Operettenauftritt schienen abgeschlossen. Obwohl der Auftritt von Eugen und mir nicht angekündigt war, hatte sie der Pfiff ihres Partners in ihrem Umkleide- und Schminkraum nicht überraschen können.

»Meine Frau, Rosemarie Söderling«, stellte er sie vor. »Dirk Söderling. Wir kommen aus Söderland, was bekanntlich dasselbe wie Sauerland ist.«

Herr Söderling sah Frau Söderling mit einem wissenden Lächeln an. Dann richtete er seinen Blick nachsichtig auf Eugen und dann auf mich. Sie spuckten sich zwar nicht in die Hände. Doch irgendein geheimes Kommando gaben sie sich. Die Situation war ihnen nicht neu und traf sie nicht unvorbereitet. Sie ergab sich sicherlich nicht jeden Tag. Doch wenn sie da war, packten sie sie beim Schopf: Ein eingespieltes Team, bei dem jeder Handgriff saß. In folkloristischem Gewand stellten sie in Windeseile unsere leichte Behausung aus Plane und Stangen auf die Beine.

»Sind Sie zufällig auf uns gestoßen?« fragte mich Frau Söderling.

»Der Zufall«, sagte ich, »hat einen Namen.« Ich stellte Eugen vor, der, am Boden kauernd, sich verbeugte, so gut dies im Sitzen ging.

»Sie müssen wissen«, sagte Herr Söderling, »wir sind hier unter uns. Das ist ein Zeltplatz erster Klasse.«

»Keine einzige Familie wohnt mehr als hundert Kilometer von Lüdenscheid oder Hagen entfernt«, sagte Frau Söderling.

»Wir kommen aus Kürren. Das ist in Bayern.«

»Bayern ist schön«, sagte Frau Söderling mit sich erinnernden Augen.

»Bayern – das geht in Ordnung«, sagte Herr Söderling.

Mir fiel ein Stein vom Herzen. Ich selbst hatte zwar nichts von meiner Beweglichkeit eingebüßt. Aber Eugen war, so wie es aussah, nicht transportabel.

»Sehen Sie sich ruhig mal um«, forderte uns Frau Söderling auf. »Das sind alles neue Wagen.«

Autos der gehobenen Mittelklasse, deren Lack blitzte wie die Augen von Herrn Söderling. Autos, denen keiner ansah, daß sie um die tausend Kilometer von Söderland bis zum Wörthersee zurückgelegt hatten. Manche vor Zeltanhänger gespannt. Einige wenige, die einen Faltwohnwagen vom Großraum Lüdenscheid bis hierher gezogen hatten. Alles, was hier auf Rädern lief, strahlte vor Sauberkeit bis unter die Felgen. Ich dachte an den Beifahrersitz meines tapferen Standard. Wir hatten eine Decke im Wagen, die mein Vater auf den Namen »Notdecke« getauft hatte. Sie würde ich über das Polster breiten.

»Und den da!« sagte Frau Söderling. Sie deutete jetzt auf ihr fahrbares Daheim.

»Den hat es vor einem Jahr noch gar nicht gegeben«, sagte Herr Söderling. »Schauen Sie sich ihn an! Machen Sie ein paar Schritte auf ihn zu!«

Er deutete auf einen eiförmigen Wagen. Ein Ei auf zwei Rädern. Durch eine Tür konnte man es betreten. Das Fenster, in dem Frau Söderlings Kopf erschienen war, war jetzt ausgeklappt. Andächtig näherten wir uns, Eugen ausgenommen, dem Wohnanhänger. Herr Söderling ging so nahe an das Kunststoffgehäuse heran, daß er es mit der Nase berührte. Es sah aus, als würde nun eine Röntgenaufnahme von Herrn Söderling gemacht werden. Er breitete seine Arme weit aus und streichelte mit flachen Händen den Wohnanhänger.

»Nicht eine Falte! Keine einzige!« sagte er. Er spielte dabei auf die Faltwohnwagen an, die in gebührendem Abstand zu Herrn Söderlings Glattwohnanhänger auf dem Campingplatz standen. Ich wollte mich als dankbar erweisen und nahm ebenfalls einen unmittelbaren körperlichen Kontakt mit dem Kunststoffgehäuse auf. Ich klopfte mit dem Zeigefingerknöchel ein paarmal dagegen, als würde ich Einlaß begehren oder wenigstens eine Antwort erwarten. »Phantastisch! Wirklich phantastisch!« lobte ich.

»Wir haben uns im Lauf der Jahre bis hierher vorgearbeitet«, sagte Frau Söderling.

»Bis hierher. Und keinen Schritt weiter!« sagte Herr Söderling.

»Der Tegernsee war auch sehr schön«, sagte Frau Söderling.

»Der Chiemsee war noch schöner«, sagte Herr Söderling.

»Aber nicht zu vergleichen mit dem Wörthersee«, sagte sie.

Sie mußten es mir angesehen haben, daß ich innerlich nach dem Wörthersee Ausschau hielt. Kein Wasser weit und breit.

»Es sind noch ein paar Kilometer. Im Grunde genommen ein Katzensprung«, versuchte er, meine Zweifel zu beseitigen.

Verglichen mit der Strapaze ihrer Anreise hatte er recht. Andererseits sah keines der hier versammelten Fahrzeuge so aus, als hätte es sich in den letzten Tagen von seiner Stelle bewegt. Allein auf der Landstraße, die von der Asphaltstraße bis zu diesem Zeltplatz führte, hatte ich genug Staub aufgewirbelt.

»Sie haben sich das mit Italien gut überlegt?«

»Ja, eigentlich schon.«

»Und Sie wissen, was Sie dort unten erwartet?«

»Eigentlich nicht. Wir waren noch nicht unten.«

»Eben. Sehen Sie«, er holte jetzt aus, »der Südländer ist schon vom Typ her ...«

»Dirk, ich glaube, dem jungen Mann geht es nicht gut«,

sagte seine Frau Rosemarie und sah auf Eugen, der in einiger Entfernung von uns noch immer am Boden saß. »Sieh mal, was du für ihn tun kannst.«

Herr Söderling war verärgert, daß sie ihn unterbrochen hatte. Wir wandten uns von dem Wohnwagen ab.

»Wie fühlst du dich denn?« fragte ich Eugen.

»Mich fröstelt! Mich friert!« klagte er.

»Kommen Sie, junger Mann! Folgen Sie mir!« nahm sich Frau Söderling seiner an. Sie ging voraus. Er trottete ihr hinterher wie ein Bernhardiner. Sie gingen geradewegs auf das Ei zu und schlüpften hinein.

Auch wenn Eugen zum gegenseitigen Kennenlernen nichts beigetragen hatte, so vermißte ich ihn augenblicklich. Ohne ihn kam ich mir vor wie die Luftmatratze von Rosenheim, die, sich am Boden krümmend, Luft abgelassen hatte. Und während ich schrumpfte, wuchs dieser Fremde aus Söderland in seiner bayerisch-österreichischen Tracht über sich hinaus.

Wir schwiegen. Er musterte mich wie seinen Schüler. Ich ließ meinen Blick ausschweifen und über mehrere Plastikkübel gleiten, die neben Zelten oder Wohnanhängern standen. Putzlappen und ausgewrungene Fensterleder hingen aus den Kübeln. Dazwischen bewegten sich Zelter und Camper, die Kübel abstellten oder Kübel abholten. An den Frieden Kürrener Samstagnachmittage erinnerte mich das, wenn mein Vater sich über seinen Mercedes hermachte. »Wir ledern noch schnell den Daimler ab!« rief er mir zu. Als wäre der Daimler ein Mitglied unserer Familie, ein Kind, das man schnell noch mal in die Wanne steckte, bevor es zu Bett gebracht wurde. Meinetwegen sollte der Daimler verrosten. Mein Vater hatte das Geld, sich einen neuen in die Garage zu stellen. Dennoch, friedliche Samstagnachmittage waren das, denen erst am Abend in aller Regel der Absturz von Eugen und mir folgte.

»Sie wollen tatsächlich da hinunter«, nahm Herr Söderling das Italien-Thema wieder auf.

»Wir wollen ans Meer.«

»Was gibt Ihnen denn das Meer, was Sie an diesem See nicht haben?«

»Wir dachten ...«

»So, Sie dachten. Der Durchfall ist noch das geringste Übel.«

»Aber es fahren doch jedes Jahr Tausende von Menschen hinunter.« Das Wort »Italien« ging mir nicht mehr über die Lippen. »Und die kommen doch alle auch wieder zurück.«

»Dem Herrn Janzen, ein Zelt weiter, ist seine Brieftasche unten geblieben«, sagte er. Er sagte es in einem Tonfall, als wäre ein Sohn des Herrn Janzen »unten« im Krieg geblieben.

»Außerdem ist Ihr Begleiter nicht reisefähig. Aber vielleicht dankt er es eines Tages dem Schicksal, das ihn angehalten hat, fünfzig Kilometer vor der Grenze. Ich wurde im Krieg verletzt. Das hat mir das Leben gerettet.«

Er legte seine rechte Hand auf den Hutkniff und zog schließlich den Hut. Als würde er seinen Hut vor jenem Schicksal ziehen, dem er seine Kriegsverletzung und damit sein Leben verdankte. Vielleicht war es ihm aber auch nur heiß geworden unter dem moosfarbenen Filz, und er hob seinen Hut, um die abgestandene Luft abziehen zu lassen.

Ab und zu gingen Leute an uns vorbei. Sie spazierten

nicht vorbei, wie es sich für erholungssuchende Urlauber gehörte. Zielstrebig passierten sie uns, als hätten sie pünktlich woanders einzutreffen. Doch keiner versäumte es, Herrn Söderling zu grüßen. In dem Nicken des Kopfes, das schon fast einer Verbeugung gleichkam, in dem gut von den Lippen ablesbaren »Guten Tag!«, vor allem aber in dem Augenkontakt, den sie schon von weitem zu Herrn Söderling suchten, spiegelte sich die Führerrolle meines Gesprächspartners wider.

»Alles ordentliche Leute. Viele von ihnen Industriearbeiter. Manche von ihnen können sich so einen Urlaub nicht leisten. Sie erholen sich in den großen Wäldern unseres Söderlandes.«

Da war er wieder, der deutsche Wald. In den man sich zurückzog mit Kind und Kegel, um es raunen zu hören. Eugen, der Spezialist für das Unsichtbare und Unhörbare sollte sich ihnen anschließen, als Waldspion. Aber der lag jetzt in dem Ei und schaute in einen rosagepuderten Ausschnitt und es war ihm wahrscheinlich kotzübel dabei.

Eugen verbrachte eine unruhige Nacht in unserem Zelt. Um dreiundzwanzig Uhr dreißig zog ich die frische Nachtluft der verbrauchten Zeltluft vor, die sich mit Eugens Körperausdünstungen vollgesogen hatte und mir so dick erschien, daß sie auch bei geöffnetem Einstieg freiwillig nicht abgezogen wäre; wahrscheinlich hätte man sie hinausschieben müssen wie einen aufsässigen Gast.

Eine wundersame Stille lag auf dem Zeltplatz. Der Gedanke daran, daß diese Eigenheime den weiten Weg vom Söderland bis an den Wörthersee auf sich genommen hatten, berührte mich, ja, ich war ergriffen. Befanden sich diese Menschen, die jetzt gegen Mitternacht in ihren Zelten und Wohnanhängern schlummerten, nicht alle auf der Flucht? Das Allernötigste und das, wovon sie sich auf keinen Fall trennen mochten, führten sie in der Enge ihrer Notunterkünfte mit sich. Zwar konnte ich mich an die Kriegszeit nur wenig erinnern; meine Mutter trug mich im Arm an den Einweckgläsern vorbei in die hinterste Ecke unseres Kellers. Doch was damals das Allerwichtigste für mich gewesen war, das hatte ich nicht vergessen: Ein aus festem Stoff gefertigter Spitz, von dem ich mich niemals trennen ließ. Eine rote Zunge hing wie ein Lappen aus seinem »Hundemund«. Alles andere Spielzeug war in unserer Wohnung im zweiten Stock zurückgeblieben. Herr Söderling hatte am Nachmittag von »Krieg« gesprochen. Doch um dreiundzwanzig Uhr dreißig klang das Wort in meiner Erinnerung versöhnlich, wie Krieg in Stammtischgesprächen.

Ich wurde Opfer oder Nutznießer einer ungewollten Verbrüderung mit der Camping- und Zeltgesellschaft, obwohl ich sie noch gar nicht kannte. Dabei hatte meine Solidarität ein solches Ausmaß erreicht, daß ich sie vor mir selbst nicht mehr geheimhalten konnte. Mit anderen Worten: Die Situation, in der ich mich befand, und wie ich darauf reagierte – beides wurde mir peinlich.

Die Kübel mit Putzlappen standen noch immer da, wo sie bei unserer Ankunft gestanden hatten. Sie standen einsatzbereit. Ihre Gegenwart verkündete den unbedingten Willen ihrer Eigentümer, für Sauberkeit zu sorgen, wo immer man sich auch aufhielte. Diese Söderländer, kam es mir vor, hatten sich hier versammelt, um sich und der Welt zu beweisen, daß sie unter allen Bedingungen entschlossen und in der Lage waren, Ordnung zu schaffen und sie zu bewahren.

Herr Söderling hielt vor seiner eiförmigen Wohnung Wache. Er schnüffelte an der kühlen Nachtluft, wie an einer teuren Zigarre, bevor er sie tief einatmete.

»Der See«, sagte er, »Sie können ihn riechen.«

Ich stellte mich neben ihn und fing ebenfalls zu schnüffeln an. Ich stand neben mir selbst und spielte Herrn Söderling. Aber warum übernahm ich diese Rolle? Ich spielte sie für die Zeltplatzgemeinschaft und für Herrn Söderling. Schließlich hatten die Söderlinge unser Zelt auf die Beine gestellt und dann versucht, Eugen wieder auf die Beine zu helfen.

»Der Wald riecht auch gut, aber anders. Wenn Sie nach einem Regen durch einen Wald gehen, riecht es würzig. So wie Südtiroler Speck.«

Er nahm seinen Hut ab und hielt ihn an seine Hüfte. Er schüttelte kurz seinen Kopf. Als wollte er seine grauen, borstigen Haare aufwecken und sie auffordern, Wörtherseeluft zu riechen. Er hatte noch immer seine Tagesgarderobe an. Ich konnte ihn mir nur im Trachtenanzug vorstellen. Unvorstellbar, daß er im Schlafanzug oder Nachthemd zu seiner Frau Rosemarie ins Wohnanhängerbett stiege.

Eugens Genesung hatte auch am nächsten Morgen noch keine Fortschritte gemacht. Dort, wo die »Tamlo«-Einfärbung verblaßt war, zeigte er sein wahres krankes, schneeweißes Gesicht. Sein gescheckter Teint wies verschiedene Zonen auf: Die »Tamlo«-Zone, in der ein kräftiges Gelb in ein goldenes Braun hinüberspielte. Die Zone der orangefarbenen Inseln, die von einem zu sorglosen Auftragen der Creme herrührten. Und schließlich die Zone der unterversorgten Hautpartien, die er beim Einreiben vernachlässigt hatte. Und auch wenn diese drei Zonen nur ein Gesicht teilten, erinnerte es mich entfernt an ein Deutschland-Plakat mit der Aufschrift »3 geteilt? – niemals!«

Eugen lag auf seiner Luftmatratze. Aus einem Fleckenteppich schauten seine Augen müde auf mich. Kein Zweifel: Es hatte ihn arg erwischt. Der Vormarsch an die Isonzo-Front war vor Velden zum Erliegen gekommen. Wahrscheinlich hatte er sich bereits in Kürren etwas eingefangen. »Meide die Weide, denn sie nimmt Krankheiten auf.« Nein, an Aberglauben glaubte ich nicht. Schon eher an eine auffällige Häufung von Zufällen und an Fallensteller.

Frau Rosemarie Söderling, die darauf bestand, daß Eugen sie »Rosi« nannte, übernahm seine Tagespflege. Sie versorgte ihn kannenweise mit Tee. Einem Aufguß aus trockenen Blättern, dem ich feindselig gegenüberstehe. Die Frage meiner Mutter: »Soll ich dir nicht lieber doch einen Tee machen?« verbinde ich mit Husten, Fieber und Bettlägerigkeit. Kräutertee, Heiltee, auf eine Tasse Tee einladen, geselliges Beisammensein zu einer Teestunde, oftmals verbunden mit Nachmittagstanz ... Wenn ich Tee höre, weiß ich, was die Stunde geschlagen hat.

»Lach' nicht, Michael«, überraschte er mich, »aber ich schlage vor, du fährst voraus und sondierst das Terrain.«

»Du meinst, ich soll unseren Einmarsch vorbereiten?«

Ich hatte den richtigen Ton getroffen. Als wäre ein kräftiger Wind aufgekommen, blies ihm das Wort »Einmarsch«, das ihn an Führerbunker, Stahl- und Kürassierhelm erinnerte, für Sekunden die Müdigkeit aus dem Gesicht.

»Einer kam durch«, lächelte er. Er spielte auf einen Film an, den wir miteinander in den »Gloria-Lichtspielen« gesehen hatten. »Einer kam durch« war die Geschichte des deutschen Fliegeroffiziers Franz von Werra, der auf vielen Umwegen als einziger Deutscher aus britischer Kriegsgefangenschaft fliehen konnte. Eugen verwechselte diesen Film immer wieder mit »Lohn der Angst«. In diesem Streifen saßen einige Kerle, zum Nichtstun verurteilt, in einem Kaff, aus dem es kein Entrinnen gab. Es bot sich nur eine Chance: Einen LKW, beladen mit Sprengstoff, durch ein Niemandsland aus sandigen Straßen, Hügeln und Erdlöchern an einen zwar nicht allzu fernen, doch angesichts dieser natürlichen Barrieren weit entlegenen Punkt der Landkarte zu fahren. Einem der Männer schien es zu gelingen. Der Film nahm einen mit. Man rührte sich nicht in seinem Kinosessel, machte keinen Mucks, wenn die Kamera auf ein Schlagloch hielt, und der Lastwagen mit seiner explosiven Fracht langsam darauf zugeschaukelt kam. Eineinhalb Stunden lang ging das gut. Eineinhalb Stunden hielten die Kinogänger und ich, wir waren zwischenzeitlich zu einer Schicksalsgemeinschaft zusammengewachsen, durch. Ich will nicht überheblich sein: Aber wahrscheinlich war ich der einzige, der von Anfang an wußte, daß es am Ende krachte. Tatsächlich war es der Lohn unserer Angst, daß mit dem letzten Bild die Hoffnung des Lastwagenfahrers und meiner Lichtspiel-Genossen buchstäblich in die Luft flog.

»Einer kam durch«, hieß im Klartext, keiner kam durch. Ich wog ab. Es lag viel Vernünftiges in seinem Vorschlag. Er war schwach auf den Beinen. Nicht auszudenken, daß sich am Meer auch noch »Durchmarsch« zu seinem angeschlagenen Gesundheitsstatus gesellen würde. Andererseits: Wenn er den Film richtig in Erinnerung hatte und mich dennoch losschickte, welchen Gewinn erwartete er dann von meinem Alleingang? Ich konfrontierte ihn nicht mit dieser Frage. Es war eine der Ungereimtheiten, aus denen sein Leben bestand.

»Das Land ist voller Dünnschiß« war ein italienfeindliches Bonmot, das zur Reisezeit im Waldbräu unter den Arbeitern der Ziegelfabrik »Meier & Reinhard« die Runde machte. In Wirklichkeit ging es ihnen doch nur darum, daß sie ihre Frauen von Italienern fernhalten wollten und lieber Bier statt Wein tranken. »Der Dünnschiß in Deutschland ist schlimm. Der Dünnschiß in Italien ist eine Strafe Gottes.« Von Vorarbeiter Lehmann stammte dieser Spruch, einen roten Kopf hatte er auf, als hätten die heißen Ziegel auf ihn abgestrahlt. Er grinste hämisch. Er vergönnte den Südländern ihren Dünnschiß. Anscheinend begriff er nicht, daß der liebe Gott nicht die Inländer, sondern die Fremden damit bestrafte. Dabei hatte Lehmann schon einmal einen Urlaub in Italien verbracht. Die Erinnerungen, die er sich daran bewahrt hatte, waren einseitig und stellenweise unappetitlich. Eugen und ich hörten ihm nicht gern zu. Aber sollten wir uns seinetwegen erheben und unter Protest das Waldbräu verlassen, wie Bundestagsabgeordnete gelegentlich den Plenarsaal? Besonders eklig war Lehmanns Augenzeugenbericht vom südlichen stillen Örtchen, auf dem es, glaubte man ihm, alles andere als still zuging. Noch war ich an keinem derartigen Ort gewesen. Doch strotzte Lehmanns Reportage so vor Details, daß er sie nicht erfunden haben konnte. Sie war von einer Anschaulichkeit, die man zu riechen glaubte. »Ihr kennt doch alle diese Haltegriffe in den Aborten, an denen man sich festhält, bevor man speit. An denen hält sich der Südländer fest, wie unsereiner in der Straßenbahn. Aber nicht um sich zu übergeben. Er steht mit ausgebreiteten Armen in einer gefliesten Telefonzelle. Die Hose hat er heruntergelassen, die Beine weit auseinander, damit er nicht in die Hose trifft ...«

Er war ein ekelhaft guter Erzähler. Ich sah das an den Reaktionen seiner Arbeitskollegen, aber auch an Eugen und mir: Betroffen und appetitlos blickten wir über Gläser und Teller hinweg auf Lehmann, der es genoß, uns fest im Griff zu haben. Unser gebanntes Zuhören und Staunen steigerte seine Ausdruckskraft.

An diesen Lehmann aus dem Waldbräu dachte ich jetzt. Ich sah den schneeweißen Eugen in einer Klozelle aus schneeweißem Porzellan stehen. Er stand auf gerillten Bodenkacheln. Um nicht den Halt zu verlieren bei der Anstrengung, die ihm gleich bevorstand, klammerte er sich unter Aufbietung seiner letzten Kräfte an die Haltegriffe. Es bedurfte keines Lehmanns, um mir mit meinen eigenen Ohren auszumalen, daß diese Kabine wie ein Schalltrichter funktionierte.

Der kranke Eugen hatte ein Talent, sich lieb Kind bei den kinderlosen Söderlingen zu machen. Vor »Rosi« hatte er keine Geheimnisse. Daß die Söderlinge ihn »Herrn Eugen«, aber mich »Herrn Kaltenbrach« nannten, beruhte auf den Hintergrundinformationen, die er ihnen geliefert hatte. Mit »Herr Kaltenbrach« meinten sie weniger mich als meinen alten Herrn. Die Tonart, in der sie beiläufig seine Rolle im Dritten Reich erwähnten, hätte mich in ihren Augen stolz machen müssen. Daß es sich bei dem Volkswagen Standard um den Zweitwagen unserer Familie handelte, schien ihnen bekannt gewesen zu sein, lang schon, bevor wir ihren »Zeltplatz erster Klasse« damit angefahren hatten. Mein Mitleid mit Eugen nahm im selben Maße ab, wie das Wissen der Söderlinge um meine Familienverhältnisse zunahm. Was das Faß aber schließlich zum Überlaufen brachte, war ein überlauter Ruf von der Luftmatratze, der »Rosi« im Ei erreichte: »Frau Rosi, bi... bi... bitte, wenn möglich, noch eine Kanne Tee!«

Den Vormittag des darauffolgenden Tages verbrachte ich im »Feldlazarett«. Zwar wurden gegen meine Anwesenheit keine Einwände erhoben, Begeisterung löste sie aber weder bei Eugen noch bei »Rosi« aus. Sie steckte dem Kranken Zigaretten zu, die ihm ungewohnterweise nicht über die Schulter gereicht wurden, sondern von einer offenen Hand in die andere wanderten. Dieses Mal verfolgten keine Zeugen aus Porzellan die friedliche Spende, die nichts mit dem häßlichen Nikotinkrieg in der Rommelallee 7 gemein hatte. Nur ich stand dabei und schüttelte den Kopf. Herr Söderling war unterdessen in fürsorglicher Funktion auf dem Zeltplatz unterwegs. Bloße Zelteigner mußten allein mit Hering, Plane und Stock zurechtkommen. Nur Wohnwagenbesitzer kamen in den Genuß seiner Ratschläge. Ich wußte die Sonderbehandlung, die Eugen und ich mit unserem Zweimannzelt erfahren hatten, noch mehr zu schätzen.

Das Leben der Söderlinge stimmte mich nachdenklich. Fuhr man nicht besser damit, ein Leben für die anderen zu leben, statt einem Glück nachzulaufen, das es am Ende gar nicht gab? Schriftsteller erfinden manchmal so ein Glück. Ich lese gern in solchen Büchern. Auch in meinen Gedichten geht es oft um so ein Glück. Meine Eltern sehen nicht gern, daß ich dichte. Mein Vater liest nur Schriftsätze und Kommentare. Schriftsätze sind voller Lügen der Gegenseite, behauptet er. Und seine Kommentare schlägt er nur auf, um zu beweisen, daß er recht hat und nicht der andere. Ansonsten geht er Gedichten und Erzählungen aus dem Weg. Und meine Mutter warnt, von dem vielen Lesen mache man sich nur die Augen kaputt. Die beiden sind nicht unglücklich. Vielleicht deshalb, weil sie keine Romane lesen.

IX

Solchen Gedanken jagte ich nach, während die Söderlinge in Erfüllung eines sich selbst erteilten Auftrags Wohnwagen- und Faltwohnwagenbesitzern sowie Eugen selbstlos unter die Arme griffen.

»Mittagstisch ist pünktlich um zwölf Uhr«, sagte Frau Söderling. »Für Herrn Eugen gibt es Zwieback, Tee und Bouillon, für uns Grünkohl mit Pinkel.«

Der »uns«, also Frau Söderling, Herrn Söderling und mir, zugedachte Mittagstisch war mir fremd. »Pinkel« verband ich mit einer Tätigkeit, die man nachts unbeobachtet hinterm Zelt ausführte. Der von Frau Söderling in der von Herrn Söderling eingerichteten Kochstelle, die allen Bewohnern dieses Zeltplatzes erster Klasse zur Verfügung stand, aufgewärmte Mittagstisch war deftig, aber schmackhaft. Mit »Pinkel« meinten die Söderlinge tatsächlich eine Wurst.

Ich war den Söderlingen dankbar. Allein der Umstand, gemeinsam mit ihnen, die vom Alter her meine Eltern hätten sein können, ein Mittagessen einzunehmen, ging mir an die Nieren. Daß ich von der Existenz der beiden vorgestern noch nichts gewußt hatte, steigerte noch dieses Zusammengehörigkeitsgefühl. Die Regelmäßigkeit, mit der Herrn Söderling die zuviel aufgeladene Menge Grünkohl wieder von der Gabel rutschte, registrierte ich mit Unvoreingenommenheit, ja Sympathie. Das Schmatzen meines Vaters hingegen brachte mich auf die Palme. Sein Zirpen bei dem Versuch, mittels Luftzugs sich eine Rindfleischfaser aus dem Zwischenraum der Zähne zu ziehen, trieb mir Scham- und Wutröte ins Gesicht. Während er auf seinem Fleisch herumkaute, dachte er schon wieder an den nächsten Mandanten. Einer war ihm wichtiger als der andere. Und der Respekt, mit dem er den Namen eines »wirklich wichtigen Mandanten« nannte, hatte mit dem Hubraum von dessen Mercedes Benz oder Opel Kapitän zu tun.

Auch genoß ich es, daß Eugen diesen Mittagstisch nicht mit uns teilen konnte. »Herr Eugen«, wies ihn »Rosi« an, »Sie schauen am besten gar nicht hin.« Eugen hatte ihr gegenüber die »Echten-Ostermann-Kürrener« als Urheber seiner Magenverstimmung denunziert.

In Karl-May-Büchern mußten Old Shatterhand und Winnetou nicht selten Speisen essen, die ihnen fremd waren, und deren Nachwirkungen nicht voraussehbar waren. Sie begaben sich stets für die Sache des Guten in Gefahr. Seltsam, Winnetou und Old Shatterhand steigerten jetzt meinen Appetit.

»Pinkelwurst essen nur ganze Kerle. Ein feiner Pinkel, so einer, der sich aufspielt, der taugt nicht für die Pinkelwurst«, brachte Herr Söderling meinen Gedankenausflug zum Abschluß.

Um vierzehn Uhr setzte ich mich in den Standard und beschleunigte in Sekunden von Null auf Hundert. Ohne Eugen im Gepäck war das Auto nicht mehr zu bremsen. Das Fahrer- und Beifahrerfenster hatte ich heruntergekurbelt.

Ein frischer Fahrtwind wehte alles hinaus: den Eugengeruch, der sich in die Polster eingenistet hatte, die an Kürren gerichteten Gedanken.

Die Straße ans Meer war frei. Die Geschwindigkeit, mit der Bäume, Scheunen, Häuser und Orte an mir vorbeiflogen, berauschte mich und den Standard. Die dosenmilchfarbene Tachonadel vibrierte. Der Pfeil pendelte bei »120«, das aus dem Schwarz der Armatur leuchtete. »140« lockte und forderte, mich und den Wagen. Keiner von uns beiden wollte jetzt nachgeben, zugeben, daß es anfing, gefährlich zu werden. Ich näherte mich einer Unterführung und bremste stark ab. Über mir fuhr auffällig langsam ein Zug vorbei. Aus einem Abteilfenster sah ein Mann, der ein weißes, kurzärmeliges Hemd anhatte, auf mich herab und tippte verächtlich an die Stirn. Der Zug rollte über uns, dem Standard und mir, hinweg. Nur das Fenster blieb Augenblicke lang wie eine verschwommene Spiegelung in der blauen Luft stehen, wie auch der Fremde, der mir offensichtlich seinen Mißmut zu verstehen gab.

Nach der Unterführung drückte ich aufs Gaspedal, die Tachonadel schnellte hoch, über »100«. Nach ein paar Kilometern hielt ich an einem kleinen Wäldchen, das, wie eine Insel, in einem Meer aus Flachland stand. Ich stieg aus, nicht ohne mir vorher die Zigarettenschachtel zu greifen, die Eugen im Handschuhfach zurückgelassen hatte.

Ich hockte auf einem Baumstumpf und schaute auf die Zigarettenschachtel in meiner ausgebreiteten Hand. Jetzt erst kam ich zur Ruhe. Es war, als ob der Rausch der Geschwindigkeit von mir ließ. Über die »Simona« gebeugt, wurde mir plötzlich bewußt, wie still es jetzt war. Die Verpackung war elegant wie ein Etui. In ihrer oberen Hälfte verlief quer ein Doppelstreifen in einem hellen Gelb und einem hellen Blau. Der helle Farbton erinnerte mich an den freundlichen Charakter unserer Küchenstühle. Die Druckbuchstaben des Wortes »Simona«, die in die Mitte des Doppelstreifens gesetzt waren, wirkten eine Nuance blauer als das Blau des unteren Streifens. Weder das Blau noch das Gelb kamen zu kurz: Jedes bekam gleich viel von »Simona« ab. Im oberen Drittel der quadratischen Schachtel schaute aus einem eigelben Kreis Herr »Simon Arzt«. Er hatte einen roten Turban auf und einen weißen gütigen Bart im Gesicht. Er war ein sehr würdevoller »Arzt«. Deshalb sah er mich auch nicht an, sondern blickte an mir vorbei. Ich klappte den Karton auf und tastete unter dem zitternden und raschelnden Stanniolpapier mit den Fingerkuppen die schlanken Zigaretten ab. Eugen fehlte mir.

Nur in seiner Gegenwart entwickelte ich ein Gefühl der Überlegenheit. Jetzt hatte ich mich an mir selbst zu messen. Schwächen, die ich stolz pflegte, bekäme ich nun am eigenen Leib zu verspüren.

Mein mangelnder Orientierungssinn war so eine Schwäche. Landkarten verwirrten mich. Hatte mein Auge endlich das Ziel geortet und verfolgte es dann den Verlauf der Autobahn, der Bundes- und Landstraßen nach Kürren zurück, so war bei der erneuten Suche der Name der Stadt klammheimlich von der Karte gestrichen. Ich konnte mir die Augen aus dem Kopf schauen, die Karte drehen und wenden, der Ort, den ich mit meinem Besuch beglücken wollte, er existierte auf einmal nicht mehr.

Aber rollte nicht schon seit einigen Jahren eine Blechkarawane zuverlässig von Norden nach Süden? Alle waren sie angekommen. Vor allem die deutschen Blondinen, die, glaubte man einer Frauenzeitschrift, »Nie wieder gen Süden!« geschworen hatten. Angeblich hatten sie sich von den italienischen Männern belästigt gefühlt. In diesem Blatt gaben die Opfer Empfehlungen weiter, wie nordische Schönheiten sich im temperamentvollen Süden tarnen könnten. Das blonde Haar wäre unter einem großen Sonnenhut zu verstecken. Blaue Augen hinter einer Spiegelreflexsonnenbrille. Einen Ehering zu tragen, wäre das sicherste Verhütungsmittel.

Ich hatte blondes Haar und blaue Augen und dachte nicht an Sonnenhut und Sonnenbrille. Wenn es tatsächlich so etwas wie ein südliches Temperament gab, war es hoffentlich nicht teilbar in einen männlichen und weiblichen Süden.

Zur Grenze waren es jetzt nur noch fünfundzwanzig Kilometer. Der Süden, das Meer, sie waren zum Greifen nah.

Der Standard fing zu stottern an und teilte mir mit, daß ich den Hahn für den Reservetank nach rechts zu drehen hatte. Noch waren fünf Liter im Tank, die für etwa siebzig Kilometer reichten. Doch ich ging auf Nummer sicher. Nur auf deutsche, allenfalls österreichische Markenkraftstoffe wollte ich mich verlassen. Südliches Benzin böte keine Gewähr für ausreichende Klopffestigkeit und enthielte den Motor schädigende Stoffe, hatte ich aus den Worten meines Fahrlehrers, eines Italienkenners, herausgehört.

In einem der letzten Orte vor der Grenze ließ ich auftanken. Ich fand nicht auf Anhieb wieder hinaus aus der Stadt. Am Ende einer Grünanlage sah ich ein Postamt. Die Flügel der Eingangstür standen weit offen. Ich hielt an. Meine

Geldbörse hatte zwei mittels Druckknopf verschließbare Fächer. In dem einen Fach befanden sich die deutschen, im anderen die österreichischen Münzen. Papiergeld in österreichischer Währung hatte ich nicht eingetauscht. Ich schüttete mir das Hartgeld in die offene Hand und zählte. Dann ließ ich die Schillinge und Groschen in meine Hosentasche gleiten und betrat das Amt. Von den zwei Schaltern war einer besetzt. Die Schalterbeamtin las in einer Illustrierten. Ich sagte ihr die Telefonnummer der Kanzlei meines Vaters. Aber sie schüttelte den Kopf und schob mir, ohne aus der Zeitschrift aufzusehen, einen Stift und einen Zettel entgegen, auf den ich die Telefonnummer schrieb. Nach einer Weile klingelte es hinter mir, und die Frau sagte »Kabine 1«. Kabine 1 lag im Vorraum, beim Eingang. Ich lief zu Kabine 1, trat ein, hob ab und verlangte meinen Vater.

»Das geht jetzt nicht!« behauptete die Pfeffer.

»Geben Sie mir ihn! Ich muß ihn sprechen.«

»Ostermann junior ist gerade bei ihm. Da darf ich nicht stören.«

Ich bildete mir ein, ihren Mundgeruch wahrzunehmen. Beim Telefonieren drückte sie sich die Sprechmuschel an ihren Mund und schürzte ihre sowieso schon faltige Oberlippe. Ich hielt mir den Hörer vom Leib. Um mich herum roch es nach pfeffrigem Achselschweiß. Als ich den Hörer wieder am Ohr hatte, war mein Vater am Apparat.

»Von wo aus rufst du an?«

»Wir sind an der Grenze.«

»Wir«, sagte ich. Ostermann junior war schließlich bei ihm. Der Plural ersparte Ausführungen über Ostermanns Wurst.

»Was? Ihr seid immer noch nicht unten?«
»Es stellten sich ein paar Hindernisse in den Weg.«
Meine abstrakte Antwort überraschte mich selbst.
»Wie dem auch sei: Gebt eine gute Figur ab! Lauft nicht mit euren Bierflaschen durch die Gegend! Das ist ein Kulturvolk.«
»Deshalb fahren wir hin.«
»Gönnt euch was! In der Innentasche deines Sakkos...«
»Hab' ich schon entdeckt.«
Er hatte mir zusätzlich und ohne mein Wissen fünf zu einem Bündel zusammengerollte Blaue in den für Kamm oder Kugelschreiber ins Futter genähten Schlitz gesteckt.
»Ist Adenauer noch gekommen?«
»Natürlich nicht.«
Seine Frage bezog sich auf »Ein Abend mit Konrad Adenauer«. Wir hatten uns am Morgen des nächsten Tages nicht mehr gesehen. Hatte er die Frage ernst gemeint? Es mußte ihm doch klar sein, daß der Abend »mit« Konrad Adenauer nur ein Abend »über« Konrad Adenauer gewesen war. Daß für Kürrens junge Unionisten wie Peter Scheibenpflug allerdings Adenauer immer da ist, so wie der liebe Gott für die frömmelnde Pfeffer immer da ist, auch wenn er sich nicht in Kürren, sondern im Himmel aufhält –, bestand wirklich Anlaß, ihm dies zu erklären? Ich spürte das Gewicht der Münzen in meiner Hosentasche. Sie hätten gereicht. Es war aber kein Münzenproblem. Er hörte mir bei solchen Gelegenheiten durchaus zu. Schaute mir mit einem Gesichtsausdruck, aus dem jedes Interesse gewichen war, bei meinen Überhöhungsversuchen zu. Wenn ich fertig war, wirkte diese Mimik noch eine Weile in die Stille, in die Atemlosigkeit, unter

der ich am Ende meiner Explikation dann litt, hinein. Dann erst schüttelte er kurz den Kopf. Und diesem kurzen, verwunderten Kopfschütteln folgte: »Was soll das? Sag doch einfach ja oder nein!«

»Was hattest du für einen Eindruck, Michael? Karin und Peter, lief alles nach Plan?«
Ich wußte nichts von einem Plan. Der »Abend mit Konrad Adenauer« war offensichtlich Bestandteil dieses Plans gewesen. Wer hatte ihn entworfen? Welche Rolle spielten der Bundeskanzler und ich darin?
»Alles planmäßig!« kürzte ich ab.
»Das freut mich. Das höre ich gern.«
Die Augustsonne hatte das Postamt kräftig aufgeheizt. Zwar stand die Flügeltür offen, doch in dem Kabine staute sich die Luft. Ich stieß mit der Schuhspitze die Tür auf und klemmte meinen Fuß in die Öffnung. »Gelati Ma...«, mehr war in dem Spalt von der Hauswand gegenüber nicht abzulesen.
»Deine Mutter ist mit ihren Damen unterwegs in den Taunus.«
Ich kickte die Tür der Fernsprechkabine wie einen Fußball vor mir her. »Gelati Madonna« konnte ich jetzt in der vergrößerten Öffnung lesen. Die verschiedenfarbigen Glasbuchstaben zogen sich über die Tür der gegenüberliegenden Eisdiele. »Madonna« reichte noch in eine sich daran anschließende Fensterfassade hinein.
»Und steh mir bitte nicht morgen schon wieder vor der Tür. Auch deine Mutter kommt mit ihren Damen nicht vor Montag zurück.«
Im Inneren der Eisdiele erkannte ich unter dem »Ma-

donna« eine junge Frau. Die Straße war so schmal, daß ich das Gesicht der Frau gut erkennen konnte. Es war so nahe am Fenster, daß die Wange das Glas berührte. Nur der Oberkörper der Frau war zu sehen. Ihr Blick lief die Scheibe entlang. Er war leicht nach oben in ein Nichts gerichtet. Eine hohe gerade Stirn fand in einem gerade verlaufenden Nasenrücken ihre Verlängerung. Die Nasenflügel waren fest, doch nicht fleischig. Ihre Nasenlöcher waren klein und gleichförmig. Den Mund hatte sie leicht geöffnet. Zwischen den Lippen schimmerten weiß die Zähne. Dieses unbewegte Gesicht unter den farbigen Glasbuchstaben schien nichts und niemanden wahrzunehmen. Es gehörte nicht der Menschenwelt an, sondern einer Marmorwelt. Die leicht vorgestellte Unterlippe kippte ein ganz klein wenig das Bild dieser Ebenmäßigkeit ins Vulgäre. Litt diese Frau? Oder war sie von Wollust erfüllt? War sie zärtlich? Oder war sie streng? War sie auf jemand anderen angewiesen? Oder ruhte sie, was ihr Blick nahelegte, ganz in sich?

Ich wollte, ich mußte es wissen.

»Wie geht es unserem braven Standard?«

»Er hat gestottert.«

»Michael! Machst du dich jetzt über Eugen lustig?«

Ihr schwarzes Haar war dicht und doch fiel es leicht bis zu den Schultern herab. Eine weiße durchbrochene Bluse spannte sich übers Schulterblatt. Das Schlüsselbein lag entblößt. Das Weiß der Bluse verband ich mit einem weißen Bettlaken, auf dem sie ruhte. In einem abgedunkelten südlichen Zimmer lag sie hingestreckt. Ihr brauner Körper lichtgestreift, weil durch die Lamellen des hölzernen Fensterladens die Sonne drang.

»Du machst dich doch nicht über Eugen lustig?« wiederholte sich mein Vater.

»Der Standard ist kein Benz. Er stottert, wenn ihm das Benzin ausgeht.«

»Du hast doch hoffentlich gleich auf Reserve geschaltet!«

Nichts an ihr war irdisch, zumindest nicht auf die mir bis dahin bekannte Art. Und doch bebte sie vor Sinnlichkeit bis zu den Fingerspitzen. »Madonna« hieß es über ihr in gläsernen Lettern, in die bei Einbruch der Dunkelheit das Kunstlicht springen würde. »Madonna mia! – Die Nacht!« hörte ich mich flüstern. Das klang anders als »Corinna de Paris«, in ein verschwitztes Kopfkissen geflüstert.

»Ich hatte für so etwas ja nie Zeit. Aber ihr solltet auf alle Fälle Venedig machen.«

»L'espressione ... il dolore«, sprach es in mir. Als wäre beim Anblick dieser Frau Italienisch meine Muttersprache geworden. Wahrscheinlich gibt es das wirklich, daß man in einem Augenblick, in dem Wahrheit sich zeigt, in dem man von ihr geblendet wird, weil sie so jäh und tief ins Bewußtsein dringt – daß man in so einem Moment in seine Muttersprache zurückfällt, in eine Sprache, die man ansonsten gar nicht spricht, aber die einem die natürlichste ist.

»Deine Mutter und ich, wir haben in unserer Jugend schon von Venedig geträumt.«

»Geträumt«, aus seinem Mund klang das unglaubwürdig. Daß er überhaupt von etwas träumte, erfuhr ich hier, im Ausland, zum ersten Mal. Und zudem am Telefon. Mich aber interessierte jetzt die junge Frau im »Gelati Madonna«. Sie drehte in diesem Augenblick hinter dem

Glas ihren Kopf in Richtung Fernsprechkabine, ruckartig, so wie sich Karussellfiguren bewegen, sie lächelte und versenkte dieses Lächeln in mein Lächeln. So innig, daß ich es nicht mehr aushielt und mein Bein zurückzog und von weit her hörte, wie die Tür zufiel. Von weit her hörte ich auch die Stimme meines Vaters: »Und denk in Italien immer daran, daß du ein Deutscher bist.«

Ich war schweißnaß. Ich sperrte mich in diese Zelle ein, vor lauter Glück.

Ich ließ den Standard stehen, wo er stand. Ich setzte mich doch nicht hinter das Steuer, um meinem Glück davonzufahren. Ich hatte auch nicht vor, ihm davonzulaufen. Doch ich war zu aufgeregt, um die Eisdiele sogleich zu betreten. Ich hatte feste Lederschuhe an. Darauf bestand mein Vater. Nur mit ihnen ließe es sich zuverlässig in die Pedale treten. Ich spürte mit meinen festen Lederschuhen keinen Boden mehr unter meinen Füßen. Ich schwebte über dem Trottoir, an freundlichen Leuten vorbei, die mich anlächelten, ja, von denen mich einige sogar grüßten. Ich durchquerte die Stadt ein paarmal und umrundete sie. Diese Eisdiele war Ausgangspunkt und Ziel meiner Streifzüge, die weder Erkundigungen noch Besichtigungen dienten. Nur mehr in vergrößerten Ausschnitten sah ich die Welt: »Fleischhauer« hieß ein Wort, drei Häuser von der Eisdiele entfernt. »Blunzn« ein anderes Wort. Es stand über einem Berg von dunkelbraunen, eiförmigen Gebilden. »Blunzn«, ich wußte nicht, was sich dahinter verbarg. Ich stellte mir »Gelati Madonna« vor, wie sie diesen »Blunznladen« betrat, und ihren Mund, wie er das Wort »Blunzn« formte. Nachdem sie es ausgesprochen hatte, ließe sie ihre leicht vorgestellte Unterlippe ein wenig nachdenklich hängen. Es war ein fremdes Wort in ihrem italienischen Mund. Und gerade deshalb konnte es alles bedeuten. Es kam nur darauf an, wie sie es in ihren Mund nahm, wo und für wen.

Ich hatte keinen Plan. Ich hatte keine Verbündeten. Beides wäre schäbig gewesen. Ich war allein. Und ich wußte von ihr. Und sie wußte von mir. Das mußte genügen. Ich blieb, wo sie war. In dieser Stadt.

Ich saß in dem Park beim Postamt und schaute kein einziges Mal auf die Uhr. Irgendwann hatten sich die gläsernen Lettern mit Neon gefüllt. Ich hatte nicht aufgepaßt. »Gelati Madonna« leuchtete es in vier Farben zu mir herüber. Die Buchstaben waren natürlich noch dieselben wie am Nachmittag. Jetzt im Dunklen wirkten sie groß und verheißungsvoll, auch weil man die schmutzige Hauswand, an der sie befestigt waren, nicht mehr sah. In der Eisdiele herrschte nicht viel Betrieb. Eine Bedienung bewegte sich dann und wann zwischen den Tischen. Alle Viertelstunde kam ein Eisesser heraus, schaute nach links und dann nach rechts, hatte es plötzlich eilig, vergrub seine Hände in den Hosentaschen, als würde ihn wegen der Kälte im Bauch am ganzen Körper frieren, und verschwand die Straße hinauf oder hinunter.

Ich stand von der Alleebank auf. Im Stehen registrierte ich, was ich ja eigentlich wußte: Ich war nur einseinundsiebzig groß. Mein Hemd mit der Kragenweite einundvierzig, die ich am Hals brauchte, war in den Schultern nicht ausgefüllt. Nicht aus klaren blauen Augen schaute ich in die Welt, sondern aus wie so oft von Bindehautentzündung geröteten hinüber zu »Gelati Madonna«. Ich machte einen Schritt in die Straße hinein. Dann blieb ich stehen. Und machte denselben Schritt wieder zurück. Das, was jetzt gleich ablaufen würde, hatte ich ausnahmsweise meinem Vater abgeschaut, am Oberen Katholischen Friedhof von Kürren.

Mein Vater steht immer eine Weile vor dem Grab seiner Eltern. Dann geht er die Eineinhalb-Sarg-Längen bis zum aufrecht stehenden Grabstein und dreht sich auf dem Absatz. Auf gleicher Höhe mit dem Grabstein legt er seine Hand auf ihn, wie auf die Schulter eines Freundes, und blickt über die in der Reihe vor meinen Großeltern liegenden Gräber von Regierungsrat Herbert Küssert, von Justizsekretär Hans Falter und von Unteroffizierswitwe Franziska Überreiter hinweg, über ein Meer von Gräbern. Unter seinem Blick verwandelt sich unser Oberer Katholischer in einen Heldenfriedhof. Ich stehe verlegen vor Oma und Opa und mache mich klein und warte darauf, daß er die Hand von der steinernen Schulter nimmt.

Auf Höhe der Fahrertür des Standard blieb ich stehen. Ich hob meinen Arm wie zum Schwur, legte meine Hand auf das Dach, das aus Blech war und nicht aus Stein, und konzentrierte mich. Von dem Blech lief etwas in meine Hand hinein und wieder ins Blechdach zurück. Es war ausgemacht, daß wir uns nicht ansahen, der Standard und ich, sondern nur berührten. Ich blickte nicht über Gräber hinweg, sondern über die Straße und buchstabierte die aus zwei Wörtern bestehende Losung. Als ich damit fertig war, ging ich los.

X

In der Eisdiele, die überraschend geräumig war, saßen vier Personen. Ich setzte mich an einen der vielen leeren Tische. Kaum hatte ich Platz genommen, setzte ein Song ein, den ich in den zurückliegenden Sommerwochen durch die Straßen von Kürren getragen hatte. Der Song hieß »Take Your Time« und wurde bei uns nur von AFN gespielt. Es war eines von den Liedern, bei dem sich alles in einem verändert, wenn man es hört. »Take Your Time« kam aus einer Musikbox, neben der Tür zu den Toiletten. Ich schaute mich um. Keinem, der hier saß, traute ich zu, daß sich in ihm etwas veränderte, wenn er diesen Song hörte.

Der Sänger von »Take Your Time« war das genaue Gegenteil von Bally Prell. Auch er hatte sich auf Selbstlaute spezialisiert. Aber nicht mit einer ober- oder niederbayerischen Altstimme machte er sich an die Vokale heran. Mit einem hellen Timbre zerrte er an den Selbstlauten, zog er sie in die Länge, brachte er sie zum Vibrieren, daß es einem durch Mark und Bein ging. Einen Schluckauf hatte er so kunstvoll in seine Stimme eingebaut, daß man nicht überrascht gewesen wäre, wenn sich an den entsprechenden Stellen die Nadel aus den Plattenrillen gehoben hätte. Der Sound, den die Gitarren, die für die Melodie und den Rhythmus gleichermaßen zuständig waren, hervorzauberten, hatte nichts mehr mit dem zu tun, was einheimischen Zupfinstrumenten zu entlocken war. Was aber das Unheimliche daran war: Der Mann, der da sang, war erst einundzwanzig Jahre alt und ganze sechs Monate später war er schon tot.

»Take Your Time« baute mich auf. Es gab mir die Kraft, vor allem aber das Selbstvertrauen, das ich jetzt brauchte. Wer aber hatte das Lied gewählt? Keiner dieser Eisdielenbesucher war »Take Your Time«-würdig. Keinem ging dieser Song wirklich unter die Haut. Auch nicht der jüngsten von allen: Ein etwa sechzehnjähriges Mädchen mit blonden Zöpfen, das ausschaute, als käme es gerade aus den Bergen und würde nach einem vorzeitigen Almabtrieb mit einem Eis belohnt. Der Eingangstür am nächsten saß ein Tourist vor einem Eisbecher, den er bereits leer gegessen hatte. Er wirkte auf mich wie ein Schauspieler, der einen Touristen spielt. Er war seiner Rolle nicht gewachsen. Er trug eine kurze weiße Hose, die auch eine Turnhose hätte sein können, hätte man ihr nicht einen Hosenschlitz und ein Täschchen für Münzen eingenäht. Das, was an seiner Hose fehlte, war an seinem Hemd zuviel: Das Hemd wollte ein Buschhemd sein, doch hatte es lange Ärmel. Abgesehen davon war mit diesem Hemd nicht das geringste los.

Gute Buschhemden können Geschichten erzählen. Gelegentlich hängt mein Buschhemd zum Trocknen am Bügel, und der Bügel an einer Wäscheleine, und ich liege darunter im Gras. Und lasse mir von der Hemdbrust eine Geschichte erzählen, die mich zu weiteren neuen Geschichten inspiriert. Der abgemagerte Tourist war von unschätzbarem Alter. Ein dünnes schwarzes Schnurrbärtchen verlief über seiner dünnen Oberlippe. Das glatte schwarze Haar war nach hinten gefettet. Das Groteske an ihm aber war seine Sonnenbrille, die er selbst in der Eisdiele aufhatte. Wir waren nahe der italienischen Grenze. Der Mann war ein Grenzgänger, in vielerlei Hinsicht. Ob er von Italien zurückkam oder erst nach Italien fuhr, war ihm nicht anzusehen. Er saß aufrecht und hatte die Hände in die Hüften gestemmt, als würde er auf eine Regieanweisung warten. Die Musik erreichte ihn nicht. Sie ging ihn nichts an. Ein älteres Ehepaar saß an einem weiteren Tisch. Diese vier Eisdielengäste hatten in so großer Entfernung voneinander Platz genommen, als wären sie sich spinnefeind. Der ältere Mann und die ältere Frau waren in ländliche Tracht gekleidet, die sie wie eine Uniform trugen, in die man sie vor einer Stunde erst gesteckt hatte. Die Tracht war ihnen so fremd wie der Song »Take Your Time«, den sie großzügig zu überhören schienen. Sie waren auch keine Abordnung Söderlings, die dieser geschickt hatte, um bei »Herrn Kaltenbrach« nach dem Rechten zu sehen. Die Bedienung zog der Frau den leeren Eisbecher weg und servierte ihr in einer silbrigen Schale ein neues Eis.

Nachdem der letzte Ton von »Take Your Time« verrauscht war, ging von der Musikbox eine unheimliche Stille aus, die sich wie Nebelschwaden langsam im Raum verbreitete und mir vor Augen führte, wie leer es in dieser Eisdiele war. Bis zu diesem Zeitpunkt hatten sich im »Gelati« außer mir nur noch vier weitere Personen aufgehalten, sieht man einmal von der Bedienung und dem Mann hinter dem Tresen ab, an den die Bedienung ihre Bestellungen weitergab.

Der Mann tauchte einen Portionierer in einen Behälter

und drückte dann eine Eiskugel in eine stählerne Schale. Das Mädchen, das servierte, stand mit dem Gesicht zu ihm und betrachtete sich im Spiegel, der über dem Mann hing. Sie richtete mit schnellen Fingern ihr Haar, bevor sie das gehämmerte Metalltablett, auf dem die Schale stand, faßte. Sie drehte sich um und steuerte den Tisch an, an dem der Italientourist saß und noch immer auf einen Zuruf des Regisseurs wartete. Warum war ich mir überhaupt so sicher, daß die ebenmäßige Schöne vom Nachmittag tatsächlich das weibliche Geschöpf war, das diesem Eissalon seinen Namen geschenkt hatte? Wo war sie? Die Antwort folgte auf dem Fuß.

In simplen Schlagern schweben manchmal Engel durch den Raum. Man wirft einen Groschen ein, und sie kommen aus der Musikbox gestiegen. Etwas in dieser Preisklasse passierte jetzt.

Es war, als würde in eine Statue von einer Sekunde auf die andere ein Lebensstrom fließen und ein marmornes Wesen stiege vom Sockel: Madonna kam, in weißer Bluse und schwarzem Rock, aus einer der Theke gegenüberliegenden Tür und ging auf den irdischen Wurlitzer zu, machte ihr Handtäschchen auf, nahm ihre Geldbörse heraus und steckte Münzen in den Schlitz. Ein leises Rumpeln, ein mechanischer Arm, der ausfuhr und griff: »Take Your Time«!

Sie mußte mich beobachtet haben, wie ich draußen, gegenüber der »Madonna«, meine Hand vom Blechdach des Standard genommen hatte und über die Straße gekommen war.

Und obwohl sie jetzt so tat, als wäre ich ihr fremd, und an mir vorbeischritt, ohne mich eines Blickes zu würdigen, und in einer zweiten Tür unter dem Spiegel verschwand, hatte sie sich zu erkennen gegeben mit der Wahl dieses Lieds. Ich glaube nicht an Zufälle. Vielmehr an eine Gesetzlichkeit unseres Handelns, die freilich manchmal im Verborgenen bleibt.

Es existierte ein Drehbuch mit dem Titel »Eine Reise ans Meer«. Es war schon geschrieben, als Eugen und ich uns noch in Kürren befanden. »Corinna de Paris« und ihr Manager, Konrad Moser und die Söderlinge, ihre Rollen waren festgelegt. Sie wirkten alle daran mit, daß eine Handlung ihrem Höhepunkt zulief. Die »Echten-Ostermänner«, die Eugens Vormarsch an die Isonzo-Front gestoppt hatten, waren in diesem Drehbuch nur ein Requisit von vielen.

Ein Kind stand plötzlich in der Tür der Eisdiele. In seiner Hand hatte es eine blecherne Sammelbüchse. Die Büchse ähnelte einem Bierkrug mit Henkel. Das Blech war rot. Die Büchse trug eine breite Papierbinde mit der Aufschrift »Zeigt euer gutes Herz!« Das Kind warf einen Blick auf den Buschhemd-Mann, drehte sich um und wollte das Lokal wieder verlassen. Ich stand auf, hob meine Hand und winkte das Mädchen zu mir her.

Ich kramte in meinen Taschen. Die Handvoll Schillinge hatte ich vertelefoniert. Ich zog einen Blauen aus meiner Geldbörse und faltete ihn, damit er durch die enge Öffnung der Sammelbüchse ginge. Das Mädchen schaute mir mißtrauisch zu. Es hob seinen Zeigefinger. »Dös gilt net!« wies es mich zurecht.

»Zeig das deinem Papi!« beruhigte ich es. Der hilflose und beharrliche Eifer, mit dem diese kleine Person gegen eine ihr unbekannte Währung protestierte, rührte mich.

Plötzlich hatte ich den Mut, mir Gefühle einzugestehen, deren ich mich in meinem bisherigen Leben geschämt hatte. »Lieb« war ein Wort, das bei den Gefühlen, die ich mir eingestand, nicht vorgekommen war. »Was für ein liebes Mädchen«, sagte ich mir. Mit Madonna würde ich so ein Kind haben. Unser Kind wäre unterwegs, um für das Gute zu sammeln. Die Zeit der Aufbrüche ins Ungewisse konnte nicht ewig dauern. Eugen und ich unter einer Donaubrücke war ein Bild, das ich mit einem anderen vertauschte: Hand in Hand ging ich mit der Frau, die mir das Kind geschenkt hatte. Es hüpfte vor uns und warf Kieselsteine in die Donau, nicht Bierflaschen wie Eugen und ich.

Ich sah dem Mädchen nach, wie es in seinen weißen Sandalen und rosa Söckchen wieder hinaustippelte, die Blechbüchse mit der Papierbauchbinde in seiner Hand. Draußen war es dunkel. Darüber täuschten auch die Lichter nicht hinweg, die von der Straßenbeleuchtung und den Reklameschriften an den Hausfassaden auf die Straße schienen. Wer hatte das Kind um diese Zeit losgeschickt? Wessen Hand schlüpfte noch in dieser Nacht klammheimlich in die Büchse hinein und entdeckte erstaunt einen Hunderter?

Ich sprang auf und lief der Kleinen nach. In der Tür holte ich sie ein. Ich nahm sie an der Hand, als wäre sie meine Tochter, führte sie an die Theke und bestellte drei Kugeln Eis für sie.

»Das ist schon O.K.«, sagte der Eismann. Ich hatte besorgt auf die Wanduhr neben dem Spiegel geblickt. »Sie sammelt für ein Schullandheim. Sie wohnt gleich da vorn. Hier ist ihre letzte Station.«

Sie nahm die Waffel aus der Hand des Eismanns. Die Absätze ihrer Sandalen skandierten ein Klack-Klack-Klack auf den Steinboden. Die Finger der einen Hand umfaßten den Henkel der Blechbüchse, mit der anderen hielt sie sich die Waffel an ihren Mund. Zielgerichtet ging sie in die Nacht vor der »Gelati Madonna« hinaus. Ich schaute nochmals auf die Wanduhr. Es war jetzt einundzwanzig Uhr sechzehn. Der Mann hinter der Theke nickte. »Um zehn Uhr machen wir hier dicht.«

Ich setzte mich an meinen Tisch. Nach wie vor verfügte ich über keinen Plan. Mein Verbündeter war der einundzwanzigjährige Amerikaner, der nur noch sechs Monate zu leben hatte, mit »Take Your Time« als unserer Erkennungs-Hymne. Mein Becher war leer. Die »mittlere Portion« hatte aus drei Kugeln bestanden. Die Bedienung baute sich ungeduldig vor mir auf. Ich reagierte sofort: Mein Nahziel zweiundzwanzig Uhr lag noch fast eine Dreiviertelstunde entfernt. »Eine große Portion Gemischtes!«

»Wollen Sie bezahlen?« fragte sie ein paar Tische weiter den Mann im langärmeligen Buschhemd.

»Gerne«, behauptete der und gab ihr einen Schein, den sie nicht wechseln konnte.

»Warten Sie! Ich mach' es Ihnen recht!«

Nachdem er es ihr recht gemacht hatte, stand er auf und verließ die Eisdiele.

Nun kam das ältere Ehepaar in ländlicher Tracht an die Reihe. Die Frau trank, schon im Stehen, das Glas Wasser aus, das sie zum Eis bestellt hatte. Dann gingen die beiden hinaus.

Jetzt teilten sich nur noch zwei Gäste den Raum, die Göre mit den blonden Zöpfen und ich. Ich nahm sie ins

Visier. Sie lächelte frech. Ein selbstbewußtes Lächeln, das nicht zu der Vorstellung eines Mädchens paßte, das auf einer Hochweide Kühe hütete. Sie ging mit federnden Schritten zur Musikbox. Sie beugte sich nach vorn, um von den weißen länglichen Etiketten die Titel abzulesen. Ich war gespannt. Todsicher schlummerten in dem Kasten jede Menge Schnulzen, die von »Heimaterde«, von »hellen Glocken« oder von »leise durch die Nacht klingenden Gitarren« handelten. Den Rücken mir zugewandt, hatte sie sich mit beiden Händen einen ihrer Zöpfe gegriffen. Mit festem Fingerdruck massierte sie den Zopf. Die Musik setzte ein: Alle Achtung, sie hatte sich für eine Nummer ohne Text entschieden. Sie ließ ihre Arme fallen und fing an, sich wild und ungeniert zum Rhythmus eines Rock'n Rolls zu bewegen. Eine Vorführung, die ich als intim empfand, da ich ihr als einziger Gast beiwohnte. Ein Schaukeln und Rollen, mit dem sie, das Gesicht zur Musikbox gewandt, kokettierte. Je mehr sie sich gehen ließ, um so unnahbarer wurde sie. Unerreichbar, wie eine Stripperin unseres »Beethoven«, die sich vor einem Publikum, das es nicht mehr auf seinen Sitzen hält, in Ekstase windet. Der letzte Fetzen Rock'n Roll war verflogen. Sie stand still. Hob den Kopf. Schaute zur Tür. Und ging hinaus.

Ich war jetzt der letzte Gast. Ich machte mich an meiner »großen Portion« zu schaffen. Die Bedienung stand beim Eismann und faltete die Hände über ihrer kleinen schwarzen Geldkatze, die sie sich auf den Nabel geschnallt hatte. Sie sah auf die Wanduhr und dann auf mich im Spiegel. Ich löffelte fleißig weiter an meinem Eis.

Frau Söderlings Grünkohl rumorte in mir. Der Eissalon war so leer, daß ich Angst hatte, die beiden an der Theke könnten das Brummeln in meinem Bauch hören. Ich versuchte, mich voll und ganz auf das Eis zu konzentrieren. Ich war dabei, die Erdbeerkugel über der Vanillekugel abzutragen. Der Grünkohl stieß mir auf. Sein herber, bitterer Geschmack überdeckte einen Moment lang die Erdbeersüße in meinem Mund. Pinkelwurst aßen nur ganze Kerle. Ob ich für die Pinkelwurst taugte? Noch stand es nicht fest.

Die Zeit verging nicht wie im Flug. Die Minuten ließen sich Zeit. Ich rührte gespielt interessiert mit dem Löffel in dem geschmolzenen Eis, das als eine dünne Schicht den Schalenboden benetzte, und vermied es, in Richtung Theke zu sehen. Um zwanzig Minuten vor zehn flog die Tür von »Gelati Madonna« auf und die Jugendmannschaft des örtlichen Fußballvereins überschwemmte mit ausgelassenem Lärm den Eissalon. Von den Trikotrücken las ich den Namen der Stadt ab, in der ich mich gerade befand. Der Name sagte mir nichts. Jetzt ging alles sehr schnell. Die Bedienung stellte in zwei Anläufen das Eis auf den Tisch und kassierte sofort ab.

»Von Ihnen bekomme ich einundzwanzig Schillinge. Wir schließen gleich.«

Ich orderte von dem Schokoeis noch eine »mittlere Portion« und bezahlte sie mit.

Um fünf Minuten vor zehn waren die Sportler abgezogen. Die Stille, die sie zurückließen, stand wie ein drohendes Gewitter im Raum. Ich trug so wenig wie möglich von dem Schokoberg ab. Die abgeflachte Laffe des Löffels schmiegte sich an meinen Gaumen, an dem das Eis kühl und süßlich schmolz. Wieder stiegen Geräusche aus mir auf, ein Brummen, Brubbeln, ein Knurren, schließlich ein hohler, langgezogener Ton, der in einem kläglichen Winseln verendete. Ich krümmte mich in dem Bemühen, dieses Konzert abzustellen. Aber ich hatte keinen Einfluß darauf. Dann berührte jemand leicht meine Schulter. Es war die Serviererin. Im Vorbeigehen hatte sie mich angetippt. »Ich sperr' zu. Die Chefin läßt Sie hinaus.« In Ballerina-Schuhen enteilte sie. Der Kerl, der den Abend über das Eis in die Kelche gedrückt hatte, ihr hinterher. Dann standen sie draußen, vor dem »Gelati Madonna«, in bunte Farben getaucht. Sie drehte von außen den Schlüssel im Schloß. Der Eismann legte seinen Arm um ihre Schulter und zog sie aus dem Neonlicht. Im Inneren rückte jetzt der Zeiger der Wanduhr auf zehn.

Ich dachte an Leutnant Berrendo, wie er, den Blick auf die Hufspuren geheftet, den Hang heraufgeritten kam. Tiefer Ernst lag auf seinem schmalen Gesicht. Berrendo hatte ein Gewehr in der Armbeuge liegen. Und ich dachte an Robert Jordan, der hinter dem Baum lag und die Muskeln anspannte, damit seine Hände nicht zitterten. Ich wartete mit Robert Jordan darauf, daß Berrendo den Kieferhain erreichte. Und ich fühlte mit Robert Jordan das Pochen seines Herzens an dem Nadelboden des Waldes. »For Whom the Bell tolls« – nicht mehr lange, und ich würde es wissen.

Ich schaufelte weiter Schokoladeneis in mich hinein. Schließlich lag darin meine Hierseinsberechtigung. Im selben Tempo, in dem es mir heiß im Kopf wurde, wurde es immer kälter in meinem Bauch.

Madonna ließ nicht lang auf sich warten. Seitlich unter dem Spiegel trat sie aus der Tür. Kein Zweifel: Ich, Michael Kaltenbrach, war das Ziel ihrer Schritte. Zum ersten Mal sah ich sie in voller Größe. Sie war hochgewachsen. Ich richtete mich in meinem Stuhl auf, freilich ohne mich zu erheben. Ich sah sie zweimal. Von Angesicht zu Angesicht. Und im Spiegel. Sie kam nicht wie eine deutsche Hausfrau mit weitausholenden Schritten auf mich zugestolpert, sie tänzelte auch nicht wie eine unserer Kürrener Friseusen. Mit ihrer ganzen Fußsohle drückte sie dem Steinboden langsam abrollend ihren Stempel auf. Dabei richtete sie ihren Körper auf, als würde sie auf ihrem Kopf einen Wasserkrug balancieren. Hocherhobenen Hauptes kam sie auf mich zu.

So ging der Süden.

XI

Lassen Sie sich ruhig Zeit mit dem Eis!« sprach sie akzentfrei.

Ich brachte nicht gleich ein Wort hervor. Ich nickte statt dessen und schluckte in großen Klumpen das Halbgefrorene.

Zuerst kribbelte es mich in den Fingern. Dann lief eine wellenförmige Bewegung vom Kopf zum Magen und wieder zurück. Ein Aufzug, der in keinem Stockwerk mehr halt machte, fuhr hinauf und hinunter. Mir wurde flau. Ich ließ den Löffel ins Eis rutschen und schaute hilflos zu ihr auf. Sie sah auf mich herab. Dann schürzten sich ihre Lippen, in ihren Augen schien Nachsicht, Mitgefühl auf, der Ernst, mit dem sie mich gemustert hatte, wich einem Lächeln. Ich fühlte mich elend und glücklich zugleich. Ihre Gesichtszüge schmolzen in meinem Blick.

»Es geht Ihnen nicht gut«, hörte ich sie. »Che cosa ha mangiato?« hörte ich sie fragen, in einem Tonfall, in dem Erwachsene mit Kindern sprechen.

»Kommen Sie mit!«

Ich erhob mich. Sie drehte an einem Schalter unterhalb des Spiegels. Das farbige Licht in »Gelati Madonna« ging aus. Ich war allein mit ihr.

Der Italientourist im Buschhemd, das Ehepaar in Tracht, das Mädchen mit den blonden Zöpfen – mit Ausnahme des Kindes mit der rotweißen Sammelbüchse hatte ich mit keiner dieser Personen gesprochen. Keinem war ich wirklich nahe gekommen und dennoch hatte ich jetzt das Gefühl, sie waren mir fern. Sie hatten sich diesen Raum mit mir geteilt. Mit dem aber, was sich hier jetzt abspielte, hatten sie nichts mehr zu tun. Dieser Gedanke machte mir wohlig Angst, ja, er erregte mich.

Sie schob mich in einen halbdunklen Zwischenraum, wir schlängelten uns an Kübeln und Trögen vorbei. Riesige Holzkochlöffel, die ausschauten wie Paddeln, lagen herum. Zwischen Eismaschinen lag rotes Salz am Boden verstreut.

Sie faßte mich an der Hand und ging voraus, in das angrenzende Zimmer hinein, in dem sie Licht machte. Unter einem vergitterten Fenster stand ein Bett. Die Pfosten, der Matratzenrahmen, das gesamte Gestell war aus Metall. Madonna schloß die Tür hinter uns.

Sie schlug die Schlafdecke zurück und drückte mich ins Laken. Im selben Augenblick läutete im Zimmer auf einer Kommode das Telefon. Sie hob ab. Ich hörte eine männliche Stimme Unverständliches sprechen. Gelegentlich drehte sie sich nach mir um, so wie man nach einem unbeaufsichtigten Kind schaut. Die Stimme redete unaufhörlich. Madonna wandte mir den Rücken zu und schwieg. Sie wippte mit den Fersen in ihren offenen Schuhen; ihren Oberschenkeln wurde es bei dem, was sie sich anhören mußte, in dem hautengen Rock zu eng, sie nahm die Beine etwas auseinander und dehnte den Stoff dabei; mit ihren braunen Schulterblättern zuckte sie dann und wann. Sie schien mit ihrem ganzen Körper dem Anrufer zu antworten. Nur ihr Mund redete nicht.

Wie kam ich mir vor? Da lag ich, wie für eine Operation gerichtet, und rührte mich nicht. Ein Eingriff stand bevor, soviel war sicher. Mit einem fremden Operationsbesteck würde mir ein Schmerz zugefügt werden, den ich auskosten wollte bis zu seinem süßen Ende. Fotos von Italienerinnen, die in Metzgerläden feilgebotene Ware begutachteten, kamen mir in den Sinn. Nackte, unzerteilte Hasen, ganze gerupfte Hühner und Teile von Rehen hingen an Haken. Die glutvollen Augen der Hausfrauen waren begierig auf das Fleisch gerichtet. Ich hing an keinem Haken und war nicht nackt. Aber ich war wehrlos und das Bettgestell, auf dem ich lag, war aus Eisen. War diese Frau, die sich so akzentfrei um mich bemühte, tatsächlich eine Italienerin?

»Du, i muß net ins Kino gehn«, unterbrach sie den Anrufer.

Sie nahm den Hörer vom Ohr und hielt ihn am ausgestreckten Arm demonstrativ von sich weg.

»Du, i sog das noamal, i muß net ins Kino gehn, net heit und net morgn.«

Der andere ließ nicht locker. Sie stand jetzt seitlich zu mir. Hatte ich nachmittags die leicht vorgestellte Unterlippe noch als eine kleine, reizvolle Normabweichung betrachtet, die das Gesicht vor einer Formvollendung bewahrte, die klassisch zu nennen war, aber auch ein bißchen langweilte, so bestimmte sie jetzt die Eigenart und den Charakter der Person. Der Anrufer, der Madonna ins Kino abschleppen wollte, schien ein ziemlich gewöhnlicher Typ zu sein. Daß sie ihm nicht auf Italienisch antwortete, sondern in Deutsch mit österreichischem Akzent, enttäuschte mich. Ihr Mund war halb geöffnet und drückte Verachtung aus. Mit der Zunge leckte sie an ihrer Unterlippe. Zwei standen sich da gegenüber, die jeden Moment aufeinander losgehen konnten. Warum ließ sie sich so vor mir gehen? Sie wußte doch, daß ich keine andere Wahl hatte, als ihr zuzusehen.

»I fühl mi recht wohl, obwohl i zu nix Lust hab«, sprach sie ins Telefon. »Schwül ist da herin«, sagte sie zu mir, »schwül wie im Dschungl.«

Der Aufzug in mir hatte Gott sei Dank aufgehört, rauf- und runterzufahren. Er war im oberen Magendrittel zum Stehen gekommen. Ich streckte mich auf dem Laken, machte mich lang; versuchte, mich und die krausen Grünkohlblätter in mir zu glätten.

»Morgen dampf i ab. Da leb i wieder.«

Endlich legte sie auf.

»Willst a a Zigarettn?«

Ich schüttelte den Kopf.

»Na, wo is denn da Zünder?«

Sie fand ihn in der oberen Schublade der Kommode und steckte sich eine Zigarette an.

»So, und jetzt zu dir!«

Sie saß mit halbem Hintern auf der Kommode, inhalierte und schaute mich durch den Rauch, den sie ausblies, an. Sie hatte noch keine zwei Schritte auf mich zugemacht, als sich die Geräusche in meinem Bauch zurückmeldeten. Ich lächelte ihr zu und nestelte heimlich am Hosengürtel. Ich durfte den Grünkohl nicht einschnüren. Ich führte den Dorn mit Daumen und Zeigefinger zum übernächsten Loch. Sie setzte sich zu mir ans Bett.

»Na, willst mi net vergewaltigen?« Sie schaute dabei auf meinen Gürtel.

Ich kam mit ihrer Frage nicht zurecht.

»Die Zigarettn rauch i no aus.«

Wenn sie mit ihrer Zigarette zu Ende gekommen war, was dann? Ich befand mich im Dschungel. In einem Dschungel von Gefühlen, die mir neu waren. Ich hatte bis dahin zwischen Gefühlen, die mir angst machten, und solchen, die mich erfreuten, unterschieden. In dem Dschungel, in dem ich mich jetzt befand, geriet meine Gefühlswelt völlig durcheinander. Ein und dasselbe Gefühl wechselte plötzlich seinen Charakter, oder mehrere Gefühle waren auf einmal da und widersprachen sich. Sie beugte sich über mich, kam mir mit ihrem Gesicht so nahe, daß ich ihren rauchigen Atem roch.

»Schlaf a bisserl«, hauchte sie mich an.

Ich arrangierte mich mit einem sehr widersprüchlichen Gefühl. Das Gefühl, im Krankenbett zu liegen und von einer begehrenswerten Krankenschwester versorgt zu werden. Daß mein Bett nicht in einer von Ärzten, Personal und Krankenhausbesuchern gut frequentierten Klinik stand, sondern unter einem vergitterten Fenster, hinter einem Niemandsland aus Kübeln und ausrangierten Eismaschinen, daß ich mich also auf einer geschlossenen Abteilung mit dieser Fremden befand, die mich ins Bett gedrückt hatte, steigerte den Reiz meiner Gefangennahme.

»Du willst ans Meer. Stimmt's? – Questo posto è ancora libero?«

Die Frage war rhetorisch. Denn sie war bereits aus ihren Schuhen geschlüpft und lag neben mir. Der schwarze, enge Rock verrutschte Stück für Stück, immer weiter nach oben, als sie, auf dem Rücken liegend, zum Kopfende hoch robbte. Als sie zur Ruhe gekommen war, stellte sie ein

Bein auf. Das andere Bein hatte sie ausgestreckt. Wo der Oberschenkel mit der Innenseite auf dem weißen Laken auflag, war er weich und etwas in die Breite gedrückt.

»Bist nervös?« fragte sie mich nach einer Weile ganz leise.

»Ich bin ganz ruhig«, antwortete ich.

»Ich fühl mich unheimlich klass!« sagte sie und nahm meine Hand.

Wir redeten nicht mehr. Aber unsere Hände redeten. Ich war in ihrer Hand. Und ich spürte ihre Hand in meiner. Ich wollte sie nie mehr loslassen.

Sie fühlte sich »unheimlich klass«, weil ich neben ihr lag. Ein Jubel brach in mir aus.

Sie war eine große schöne Frau, die nach Tabak roch. Ich war noch ein Kind gewesen, als mein Vater, nach dem Mittagessen, auf der Küchencouch neben mir gelegen und nach Tabak gerochen hatte. Vielleicht lag er, während meine Mutter mit ihren Damen gerade mit dem Bus im Taunus umherdüste, jetzt neben Anita Kirschbaum und roch nach Tabak. Auch die Oberst-Witwe war eine große schöne Frau. Doch die Vorstellung, sie besitze »nordische« oder »fälische« Gardemaße, tötete eine andere Vorstellung ab, die ich mit einer schönen Frau verband. Meinetwegen erregte sich mein Vater an den Körpermaßen der ehemaligen Waffen-SS. Vielleicht redete er sich auch darauf hinaus, daß Anita keinen persönlichen Eid auf Hitler geleistet hatte, sondern ihr verstorbener Mann. Was wußte ich davon, woran sich mein Vater erregte. Meinen Segen hatte er. Aber auch mit meiner Mutter und ihren Bus-Damen lebte ich in Frieden.

In regelmäßigen Abständen drückte sie meine Hand.

Sie hatte unwahrscheinlich starke Finger. Auch ich lag auf dem Rücken. Ich hatte kein Kissen und keinen Keil unterm Kopf und schaute deshalb zum Plafond. Jedes Mal aber, wenn sie wieder anfing, ihre Finger zu bewegen, schielte ich, ohne den Kopf zu heben, auf ihre nackten Schenkel hinab. Sie durchschaute mich und nahm es mir nicht übel. Noch heftiger, noch anhaltender drückte sie dann meine Hand.

Zwischen diesem Zimmer und dem Eissalon lag nur eine Gerümpelkammer. Und doch waren wir beide in einer anderen Welt. Die Eisdiele war jetzt verlassen. Die Eisesser befanden sich in ihren Wohnungen oder in einem Hotel. Die Trachtenjacken des älteren Ehepaares waren korrekt wie Uniformen an Kleiderbügeln ausgerichtet. Akkurat lagen die beiden in ihrem Hotelbett nebeneinander, schauten ins Dunkel und dachten an Heimreise und nicht aneinander. Das Buschhemd des Italientouristen hing über einer Stuhllehne. Es hatte ihm nichts zu erzählen. Er trug ein ärmelloses weißes Unterhemd über seiner weißen Brust. Der schwarze Schnurrbartstrich über seiner Oberlippe und die schwarze dünne Frisur leuchteten über dem Federdeckbett. Der Vater des kleinen mißtrauischen Mädchens stand im Wohnzimmer bei kleinem Licht vor der rotweißen Sammelbüchse mit der Aufschrift »Zeigt euer gutes Herz!« und zögerte.

Sie schlief ein. Und ich bewachte sie. Ich turnte aus dem Bett, um das Licht auszumachen. Dann lag ich wieder neben ihr, gewillt zu wachen und nicht zu schlafen. Sie atmete laut. Lauter, als es sich für eine reizvolle Frau schickte. Ich dachte darüber nach, mit welchem Recht ich einer Frau, nur weil sie reizvoll war, das laute Ein- und Ausatmen ankreidete. Die Antwort fiel nicht schmeichelhaft für mich aus. Das vergitterte Fenster über unseren Köpfen mußte in einen Innenhof hinausweisen. Jetzt, im Finstern, arbeitete mein Gehör mit gesteigerter Konzentration. Ich hörte Schritte, dann eine Tür, die mit schlappem Ton in ein Schloß fiel. In einem Hausgang gegenüber ging dann und wann Licht an und streute durch unser Fenster. Der Abdruck des Gitters legte sich auf Madonnas Beine, lag dort eine Weile und erlosch mit dem Licht im Haus. Wie schutzlos sie dalag. Einem fremden Zugriff preisgegeben. Eine bronzefarben schimmernde Statue. Wie unser Reichsadler. Auch auf dem gefiederten Körper des Adlers hatte das Licht gespielt. Sonnenstrahlen waren an seinen funkelnden Schwingen herabgerieselt. Sollte ich sie zudecken, obwohl es hier drinnen tatsächlich schwül wie im Dschungel war? Mir machte es nichts aus. Mein Kreislauf arbeitete sowieso nur mit halber Kraft.

Madonna schlief tief. Beim Ausatmen flatterte manchmal ihr Atem. Und manchmal rumorte es noch in meinem Bauch. Ein ungesteuerter Dialog, für den ich mich nicht mehr schämte, weil sie ihn ja nicht hören konnte. Ich sollte das Fenster öffnen. Daran dachte ich noch. Dann schlief ich ein.

Ich träumte wild. Von Eugen und Herrn Söderling in einem Boot, draußen im Meer, dessen aufgebrachte Wogen die Nußschale, in der sie sich festzuklammern versuchten, in den Wellenschaum hochschleuderten. Eugen trug den Garde-Kürassierhelm, Herr Söderling einen Stahlhelm zum Trachtenanzug. Nach einem Filmriß sah ich Eugen, wie er mit dem Kürassierhelm Wasser aus dem Boot schöpfte. Dann befanden sie sich in Begleitung von Konrad Moser an einem Strand, in derselben Montur. Leuchtbuchstaben schrieben das Wort »Isonzo« wie den Namen eines Terrassencafés in Einfamilienhaushöhe über den Sand. Konrad Moser hatte keine Kopfbedeckung auf. Er hatte seine kurze Sepplhose an und fuchtelte mit einem Säbel. Eugen warf sich zu Boden und zielte mit einem Luftgewehr auf die Buchstaben »Isonzo«. Er benutzte das Luftgewehr, mit dem uns mein Vater im Elternschlafzimmer das Schießen hatte beibringen wollen. Die Eisenbolzen, die aus der Mündung traten, hatten farbige Quasten, die an kleine Gamsbärte auf Tirolerhüten erinnerten. Die Speerspitze des kriegerischen Unternehmens aber bildete die Oberst-Witwe Anita Kirschbaum. Sie war am weitesten vorgerückt und erhob ihren Arm.

Als ich aufwachte, war ich am ganzen Körper naß. Mein erster Gedanke war, ich hatte das Fenster nicht geöffnet. Madonna stand bei der Kommode. Sie hatte jetzt ihren Rock nicht mehr an. Sie war mit einem weißen Schlüpfer bekleidet und einem weißen BH. Die Wäsche schimmerte seidig und zeigte, wie braungebrannt ihr Körper war. Ihr schweres Haar verhüllte die Hälfte ihres Gesichts. Sie hatte mitbekommen, daß ich aufgewacht war und sah zu mir herüber. Sie zog einer Hülse den Verschluß ab und klopfte sich zwei Tabletten in den Handteller. Mit einem Glas Wasser kam sie ans Bett.

»I schlaf schlecht bei der Hitz. Und du net viel besser. Nimm auch eine!«

Sie schluckte eine Pille hinunter und trank einen Schluck Wasser nach. Ich richtete mich etwas auf. Neben dem Bett stehend, beugte sie sich zu mir herab und legte mir die Tablette auf meine herausgestreckte Zunge.

»Wie bei der Kommunion. Du darfst an nix Sündiges denken.«

Wir lagen nebeneinander auf dem Rücken. Ich war gespannt darauf, was die fremde Substanz in meinem Körper bewirken würde. Ich wartete bei geschlossenen Augen darauf, was in mir vorginge. Als Madonna schließlich meine Hand nahm, erwiderte ich den Druck schon nicht mehr.

»Na, willst mich wirklich net vergewaltigen?« flüsterte sie mir zärtlich ins Ohr. Ich antwortete nicht. Weil ich mir sicher war, sie meinte es nicht so.

XII

Am Morgen darauf lag ich lang wach und bewegte mich nicht. Ich war allein. Draußen war es ruhig. Und es war ganz ruhig in mir. Ich sah mich in dieser Ruhe um. Noch erinnerte ich mich nicht an die vergangene Nacht. Die fremde Substanz in mir, sie wirkte auf eine angenehme Weise noch in den Tag hinein. Ich stützte mich mit den Ellbogen im Bett auf. Über der Kommode hing eine gerahmte Fotografie. Auf der Kommode lag ein weißes Blatt Papier, das ich gestern dort noch nicht gesehen hatte. Sie hatte mir eine Nachricht hinterlassen. Ich drehte mich zur Seite und ließ meine Beine aus dem Bett baumeln. Behutsam senkte ich sie ab, wie eine schwere Last.

»Ich fahre für 2 Tage ans Meer. Dort fühle ich mich frei.«

Diese Mitteilung galt mir. Auch eine kleine Zeichnung, die einen Briefkasten neben dem Eingang zu »Gelati Madonna« zeigte und einen Pfeil, der auf den Einwurfschlitz zielte und mir sagen sollte, daß ich den Schlüssel, der unter der Skizze lag, exakt da hineinwerfen sollte. Ich zog instinktiv die Kommodenschublade auf. Der Beipackzettel spitzte aus der Tablettenschachtel. Sie hatte ihn nicht sorgfältig genug zusammengefaltet. Eugen schluckte dieses Medikament. In hoher Dosierung half es ihm, seine Sprachstörung unter Kontrolle zu bekommen. Ich zog die Lade noch ein Stück weiter heraus. Ein Briefkuvert rutschte nach vorn. Es lag mit dem Gesicht nach unten. »E. Basaglio« und »Gabicce Mare« war in Großbuchstaben als Absender geschrieben. Das Kuvert war geöffnet und wölbte sich. Es steckte ein Brief in ihm. Ich brauchte nur die Anrede zu lesen, um zu erfahren, ob sich ein Mann oder eine Frau an Madonna gewandt hatte. Ein Italienisch-Wörterbuch, das die Bezeichnung Buch nicht verdiente, lag in der Schublade. Es hatte die Ausmaße einer Streichholzschachtel, jedoch doppelt so dick. War es versehentlich hier geblieben?

Die Schwarz-Weiß-Fotografie über der Kommode war aus einer Zeitschrift geschnitten. Ein blasser Druck von einer Promenade am Meer. Eine Straßenkreuzung legte sich über das untere Drittel der Aufnahme. Auf der Fahrbahn und auf den angrenzenden Asphaltparkplätzen wimmelte es von Autos, die so klein waren, daß man das Fabrikat nicht erkennen konnte. Die schwarzen Punkte unter der Palmenallee, die die Parkplätze vom Meer abgrenzten, waren wahrscheinlich Promenadengänger. Auch im unteren Bilddrittel waren Palmen abgebildet. Sie grenzten geometrisch aufgeteilte Parkflächen ein, die, abgesehen von drei Bussen, leer standen und dem An- und Abtransport von Touristen dienten. Die Palmen im Hintergrund, nahe am Meer, wirkten so klein, als steckten sie in Pflanztrögen. Das Meer selbst breitete sich flach aus und verlor sich in einem schmalen wolkenlosen Horizont. Ein matter silberner Glanz lag auf ihm.

Die Fotografie steckte in einem dicken Winkelrahmen, der zum Bild hin abflachte. Der Rahmen war aus schwarz lackiertem Holz. Ein goldener Falz rahmte das Motiv ein zweites Mal. Ich ging nahe an das Glas heran: Das Papier war hauchdünn. Zwei Knitterwellen liefen übers Wasser, die nicht von einem stürmischen Seegang herrührten.

Ich las nochmals »E. Basaglio« und »Gabicce Mare«.

»Ich fahre für 2 Tage ans Meer. Dort fühle ich mich frei.« Das klang anders als sie sprach. Ich rührte das Blatt Papier nicht an, sondern prägte mir die kleine Skizze ein. Tränen traten mir in die Augen. Der Teufel wußte warum.

Der Standard stand da, wo ich ihn verlassen hatte. Sein Anblick ging mir so nahe wie der einer Person, die eine Nacht im Freien auf mich gewartet hatte. Ich setzte mich ans Steuer und bewegte den Sitz nach vorn und nach hinten, als wäre ich jetzt ein anderer Fahrer und suchte eine neue bequeme Position. Ans Meer zu fahren, wie ich es mir in Kürren vorgenommen hatte, um mich an Südländerinnen schadlos zu halten, wäre Verrat gewesen. Dies hätte die Beziehung zwischen Madonna und mir beendet. Doch wie verhielt es sich mit ihren »2 Tagen« am Meer?

Draußen, vor der Stadt, deren Namen ich von den Trikots der Fußballspieler abgelesen hatte, bremste ich ab und breitete die Italienkarte auf dem Beifahrersitz aus. Mit dem Finger fuhr ich die Adriaküste hinunter. Es war eine alberne Karte: Sie zeigte Festungen nahe am Ufer, und im Meer standen Frauen, denen das Wasser bis zu den Schenkeln reichte, in einteiligen Badeanzügen; ihre Arme hatten sie erhoben, als riefen sie um Hilfe kurz vor dem Ertrinken. Tatsächlich hielten sie Wasserbälle über dem Kopf. Boote mit weißen Segeln wurden von ebenso großen Fischen friedlich hinaus begleitet aufs Meer. Unter »Gabicce Mare« aber war ein Liegestuhl aufgeklappt mit quergestreifter Bespannung. Eine gutgebaute Frau ruhte in ihm und schaute mit dunkler Brille in die Sonne. Es war die einzige Frau an der Adriaküste, die keinen Einteiler, sondern einen Bikini trug.

Ich nahm die Fahrt wieder auf. Den Campingplatz, der so nahe dem Wörthersee war, daß Herr Söderling nachts neben seinem kugeligen Wohnanhänger angeblich die frische Seeluft roch, wollte ich anfahren. Und obwohl Madonna in die entgegengesetzte Richtung fuhr, hatte ich nicht das Gefühl, daß wir uns voneinander entfernten. Das Meer war unser Ziel gewesen. Aber hatte ich es nicht schon erreicht? Alle Dinge, die das Auge erkennen würde, hatte Eugen prophezeit, erschienen einem nahegerückt und entfernt zugleich. Sie war mir nahe, so nahe, daß ich wieder den rauchigen Geschmack ihres Atems zu riechen glaubte. Und sie war so weit weg, daß ich plötzlich Angst hatte, sie nie mehr berühren zu dürfen. Ich wußte nicht, ob sie den Zug benutzte, um »Gabicce Mare« zu erreichen oder ob sie in einem Auto saß. Sie hätte mich mitgenommen, in jedem Fall, sagte ich mir. Ich war bei ihr, im Zugabteil oder im PKW. Und sie fuhr in meinem Standard mit.

Wieder erreichte ich die Stelle, wo der Zug über die Unterführung gefahren war. Der unbekannte Mann in dem weißen kurzärmeligen Hemd, der auf mich herabgesehen und sich dabei an die Stirn getippt hatte, was hatte er mir sagen wollen? Daß ich zu schnell gefahren war? Oder wollte er mich warnen? Eine Warnung, die mit Madonna zusammenhing?

Die Campingplatzschranke war oben. Ich parkte den VW neben unserem Zelt. Mir kam es vor, als wäre ich von einer langen Reise zurückgekehrt. Herr und Frau Söderling saßen mit Eugen vor dem Wohnanhänger an einem Campingtisch. Sie schienen mein Gefühl nicht zu teilen. Denn meine Rückkunft war kein Anlaß für sie, von ihrem Mensch-ärgere-dich-nicht-Brett aufzusehen. Hatten sie mich nicht gesehen? Eugen warf einen Würfel in die Luft und blickte ihm belustigt nach. Alle drei gingen dann mit ihren Augen so nahe an den Würfel heran, als wären sie hochgradig kurzsichtig. Eugen klatschte begeistert in die Hände. Während Herr und Frau Söderling ihr Gesicht in beide Hände vergruben, um anzuzeigen, daß sie an dem Glück ihres Mitspielers verzweifelten. Sie gaben das Bild einer Familie ab, die ihren Urlaub genoß.

»Sie sehen nicht gut aus«, sprach mich Frau Söderling als erste an. »Nein, Sie gefallen mir ganz und gar nicht.«

»Hauptsache, Herr Kaltenbrach ist noch im Besitz von Hab und Gut«, sagte Herr Söderling.

Eugen sagte nichts. Er musterte mich eine Weile. Ich gewann aber den Eindruck, daß er sich über meine Rückkehr freute.

»Herr Eugen, bitte räumen Sie ab! Es gibt Kaffee und Kuchen.«

Frau Söderling deckte den Tisch. Der Kuchen war ein Gesundheitskuchen. Der Gesundheitskuchen meiner Mutter hieß bei Karin und mir »Pfaff-Kuchen«, eine Anspielung auf seine den Mund austrocknende Konsistenz. Frau Söderlings Gesundheitskuchen war kein »Pfaff-Kuchen«. Er war goldbraun und hatte die Form eines Kranzes. Er duftete nach Butter, Eiern und Vanille.

»Anstatt vier Eier nehme ich sechs und verzichte auf die Milch«, erklärte Frau Söderling.

Ich biß in das dicke Stück, das sie mir abgeschnitten

hatte, und trank einen Schluck Bohnenkaffee nach. In meinem Mund fand eine Hochzeit statt. Ich schloß die Augen und dachte an Madonna.

Zwischen »Herrn Eugen« und den Söderlingen war ausgemacht, daß »Herr Kaltenbrach und Herr Eugen« die Söderlinge in Söderland besuchten. Wenn nicht noch im Herbst, dann im kommenden Frühjahr. »Grüßen Sie mir Ihren Herrn Vater!« rief mir Herr Söderling zu. »Und sagen Sie ihm, ich habe viel von ihm gehört.« Er hielt dabei meine Hand, drückte sie fest und blickte mir tief in die Augen. Es war eine Situation, wie ich sie oft erlebt hatte: Man zollte mir Respekt. Aber man meinte nicht mich, sondern meinen Vater. Man hatte viel von ihm gehört. Man sagte mir aber nicht, was man in Erfahrung gebracht hatte. Mir drückte man länger als üblich die Hand. War ich für meine Umgebung überhaupt vorstellbar ohne ihn?

Das Meer und die Isonzo-Front waren kein Thema zwischen Fahrer und Beifahrer, obwohl der Standard in Richtung Norden fuhr. Eugen stellte mir keine Fragen. Ich rätselte, womit ich ihm mehr antun würde: mit einer Wahrheit, in der kein Meer vorkam oder aber mit einer Lüge, die nicht auf das Meer verzichtete.

In Kürren setzte ich Eugen in der Rommelallee ab. Es war einundzwanzig Uhr. Wir verabredeten uns für zweiundzwanzig Uhr. Einer inneren Eingebung folgend, fuhr ich nicht gleich in die Sternwartstraße. Statt dessen fuhr ich den Standard nahe an die Römermauer heran. Vom Auto aus sah ich, daß in der Kanzlei meines Vaters noch Licht brannte. Ich parkte vorschriftswidrig direkt vor dem

»Café Martini«, dabei dachte ich an Anita Kirschbaum und an das Glas »Martini«, in dem eine Olive schwamm.

Daß mir um diese Zeit die Pfeffer nicht mehr öffnete, überraschte mich nicht. Daß mein Vater aber damit beschäftigt war, sein Hemd zuzuknöpfen, schon. Ich ließ ihn an der Tür stehen und ging gleich an ihm vorbei in sein Büro hinein. Die Kirschbaum saß auf der schwarzen Ledercouch und schlug ihre Beine übereinander, als sie mich sah. Sie griff nach einem Whiskey-Glas und nippte daran.

»Es gibt Dinge, die kann man nicht am Tag besprechen«, sagte mein Vater.

»Morgen früh steht der Standard wieder in der Garage«, sagte ich.

»Herrgott, ihr habt das Meer gesehen«, sagte er mit gespielter Begeisterung. »Morgen erwarte ich deinen Bericht.«

In unserer Wohnung war nur in Karins Zimmer Licht. Meine Mutter kurvte also mit ihrer Frauenriege noch immer im Taunus herum. Ich sperrte die Wohnungstür auf und ging gleich zu Karin. Sie saß vor ihrer Frisierkommode und weinte.

»Hat es mit Peter Scheibenpflug zu tun?«
Sie nickte.
»Er hat dich verlassen?«
»Nein.«
»Dann ist doch alles gut?«
»Er wird Vater.«
»Das ist doch kein Grund zu weinen.«

Ihrer Meinung nach war es schon ein Grund zu weinen. Peter Scheibenpflug hatte die Schriftführerin der Kürrener Union geschwängert. Für einen Moment lang atmete ich auf. Karin weinte leise weiter. Mir schwante nichts Gutes. Mein Vater besaß zwei Häuser, Bauland, Aktien, Goldreserven und seine Tochter Karin, eine »objektive Schönheit«. Ohne Karins Unversehrtheit aber wäre das Familienvermögen nur noch die Hälfte wert. Ich konnte Karin die Frage nach der Verkehrswertminderung nicht ersparen. Das leise Weinen, das sie kurz unterbrochen hatte, setzte wieder ein. Wir saßen jetzt nicht nebeneinander wie beim Adenauer-Abend, und der Bundeskanzler heuerte keinen Leichenwagen an, dennoch ergriff ich ihre Hand, und zum zweiten Mal innerhalb weniger Tage waren wir Bruder und Schwester.

Jetzt standen mir nur noch Eugen und das Meer bevor. Ich blickte zum »Führerbunker« hoch. Eugens Zimmer war hell ausgeleuchtet. Er war heimgekehrt zum Ersten und Zweiten Weltkrieg auf dem Tapeziertisch, zu deutschem Stahlhelm, Raupenhelm, Garde-Kürassierhelm und Pickelhaube. Doch das Meer, das seiner Vorstellung nach ein unendlich blauer Wasserhimmel war, auf dem die Sterne schwammen, hatte er immer noch nicht gesehen.

Ich war in der Rommelallee und Madonna am Meer. In ihrem Zimmer hing die blasse Fotografie von einer Promenade am Meer an der Wand. Es war eine Schwarz-Weiß-Fotografie, aber ich könnte sie für Eugen kolorieren: Feurige Italienerinnen promenierten auf hohen Absätzen unter Palmen, die so üppig waren, daß sie in keinem Pflanztrog Platz gefunden hätten. Mit Ausnahme von zwei Sportwagen mit offenem Verdeck war weit und breit kein Auto zu sehen. An einem kleinen Stand verkaufte ein weißuniformierter Mann unter einer bunt gestriften Markise dolce limone und gelati. Abgerückt von der Allee wuchs direkt am Meer die schönste aller Palmen. Mit Blattnarben auf der Rinde ihres dicken geraden Pfahlstamms, an dessen Ende ein breitausladender Schopf fiedriger steifer Blätter in den südlichen Himmel ragte. Unter dieser Palme stand ein einzelner Mann und schaute aufs Meer hinaus. Die Nacht brach herein, und an den Fischerbooten, die aufs Meer hinausfuhren, wurden die Karbidlampen entzündet. Das Wasser wogte und glänzte, und es roch nach Salz.

Es war zweiundzwanzig Uhr. Eugen trat aus dem Haus. Der Kampf ums tägliche Nikotin war pünktlich beendet. Er faßte mit einer Hand an den Hosenschlitz und räusperte sich. Er hatte es eilig, seiner Mutter und den Porzellantieren den Rücken zu kehren. Er ließ sich in den Beifahrersitz fallen und kontrollierte die Ausbeute in seinem Handteller. Sie bestand aus vier Zigaretten.

Wir »zischten« ab. Ich lenkte den Wagen durch die Innenstadt. Sie war wie ausgestorben. Die Filmvorstellungen waren noch nicht zu Ende. Straße um Straße, Kreuzung um Kreuzung, Platz um Platz nahmen wir wieder von Kürren Besitz. An der Straßenbahnhaltestelle mitten am Domplatz standen zwei Personen. Im Licht des Scheinwerferkegels flammte der dunkle Anzug, den der Mann trug, haidplatzblau auf. Es war Elvis, der wie ein Boxer im Ring die andere Person umtänzelte. Die Frau trug ein weißes Kleid, das am Rücken tief ausgeschnitten war. In diesen Ausschnitt hing ihr blondes Haar, das am Hinterkopf mit einer Spange zusammengehalten wurde. Elvis tänzelte, die junge Frau wich mit einer Schulterdrehung aus, ihr

Haar wippte. Ich bremste ab und kam auf Höhe der beiden zu stehen. Eugen drehte das Fenster herunter.

»Wie war's? Wie viele hast du am Meer vernascht?« Er trippelte auf der Stelle, als müßte er sich warmmachen.

»Der Kavalier genießt und schweigt«, fiel mir ein. Doch ich schwieg. So war mit Elvis nicht zu reden. Ich zwang mich zu einem Lächeln, Eugen kurbelte das Seitenfenster hoch, und ich gab Gas. Der Standard jagte über die »Adolf-Hitler-Brücke«, alias Nibelungenbrücke, zum Hafen hinaus.

Ich nahm den Generalschlüssel aus dem Handschuhfach. Wir betraten die Halle. Von draußen fiel spärlich künstliches Licht durch das schmale Glasband, das unter dem Dach verlief. Der Raubvogel sah blaß aus. Aber er war unversehrt. Um ihn herum breitete sich eine Schutzzone aus, die nicht erkennbar befriedet war. Nur Eugen und ich durften die unsichtbare Grenze überschreiten, ohne den Frieden des Vogels zu gefährden. Wir taten dies langsamen Schritts.

Wir hatten unsere Plätze eingenommen. Noch immer hatte Eugen seine Fragen nicht gestellt. Ich sah zu dem Adler auf. Von seinem versteinerten Blick durfte ich keinen Rat erwarten. Ich lehnte mich gegen seine porphyrgrünen Schwingen und war gespannt auf mein erstes Wort.